编者序

1920年元宵节，汪曾祺出生在江苏高邮县县城一个书香门第：祖父是清朝末科的“拔贡”，父亲金石书画皆通，多才多艺。这似乎注定了汪曾祺与文字的交情，他晚年曾用一首小诗述说一生从事写作的原因：

我事写作，原因无他：从小到大，数学不佳。
考入大学，成天“泡茶”，读中文系，看书很杂。
偶写诗文，幸蒙刊发。百无一用，乃成作家。
弄笔半纪，今已华发，成就甚少，无可矜夸。
有何思想？实近儒家。人道其里，抒情其华。
有何风格？兼容并纳。不今不古，文俗则雅。
与人无争，性颇通达。如此而已，实在无啥。

他自称“百无一用，乃成作家”，却在七十余载生涯中为我们留下太多至情至性的文字：在他的故乡高邮，在他求学的昆明西南联大，在他工作过生活过的张家口、北京……故乡的人和事，是他的回忆散文中绕不开的题材，也是那些纯真质朴的小说中永远的灵感；西南联大的良师益友，在他的笔下自始至终像当年一样饱含着激情与理想；在张家口沙岭子农科所劳动，他与蔬果为伴，将人间草木化作生动的文字，苦中也能作乐；回到北京，他依旧享受着生活，写写画画听听戏，记录旅食随想，也为文学界的后来人留下创作的经验……

“如此而已，实在无啥”，汪曾祺这样云淡风轻地总结自己的文学生涯，但对于读者来说，那份对生活的热爱，雅致的情味，历经岁月磨砺而不曾消逝的温暖，却又不仅如此。

我们期待读者跟随着汪老留下的旅踪，在这个人人都步履匆匆的时代中，能慢步欣赏，觅得属于自己的生活真谛。

编者谨识

人间小暖

汪曾祺 著

江苏人民出版社

图书在版编目（CIP）数据

人间小暖 / 汪曾祺著．— 南京：江苏人民出版社，2020.4（2023.9 重印）

ISBN 978-7-214-24283-9

Ⅰ．①人… Ⅱ．①汪… Ⅲ．①短篇小说—小说集—中国—当代 Ⅳ．①I247.7

中国版本图书馆 CIP 数据核字 (2019) 第 270926 号

书　　名　人间小暖
著　　者　汪曾祺
责任编辑　卞清波
出版发行　江苏人民出版社
地　　址　南京市湖南路 1 号 A 楼，邮编：210009
印　　刷　天津丰富彩艺印刷有限公司
开　　本　880 mm × 1 230 mm　1/32
印　　张　7.5
字　　数　156 000
版　　次　2020 年 4 月第 1 版
印　　次　2023 年 9 月第 3 次印刷
标准书号　ISBN 978-7-214-24283-9
定　　价　38.00 元
（江苏人民出版社图书凡印装错误可向承印厂调换）

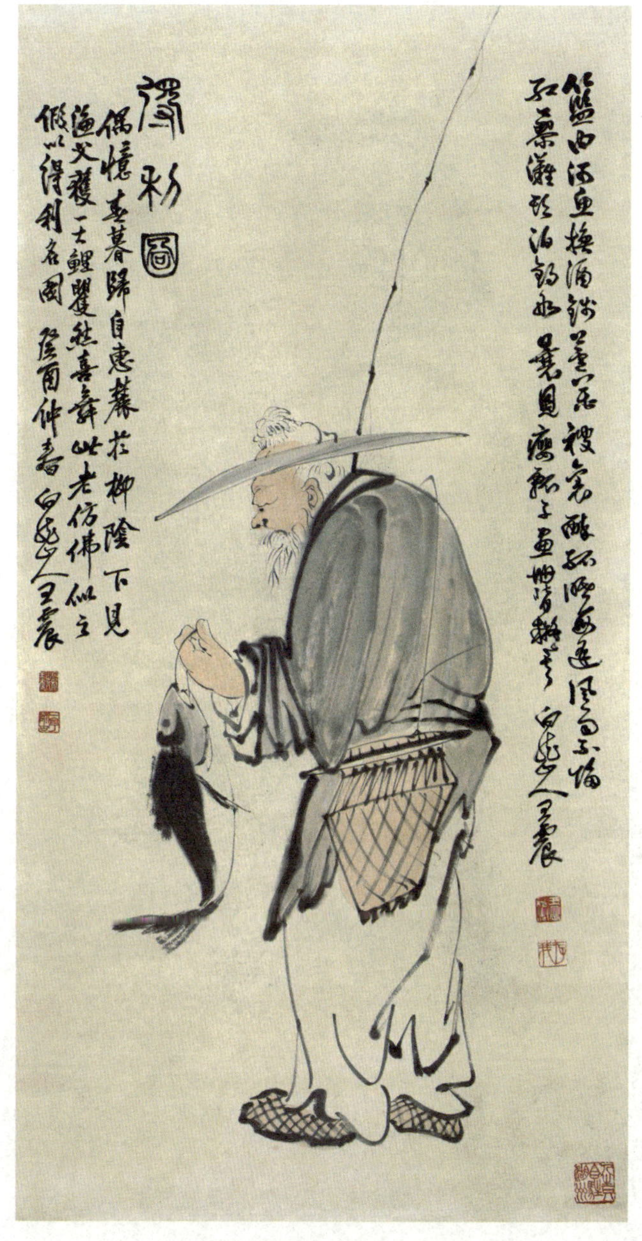

这一天，靳彝甫送来一张『得利图』，画着一个白须的渔翁，背着鱼篓，提着两尾金鳞赤尾的大鲤鱼。

——《岁寒三友》

他相骡子相马有一绝，看中了一匹，敲敲牙齿，捏捏后胯，然后拉着缰绳领起走三圈，突然用力把嚼子往下一拽。他力气很大，一般的骡马禁不起他这一拽，当时就会打一个趔趄。

——《八千岁》

他画的荷叶不勾筋，荷梗不点刺，且喜作长幅，荷梗甚长，一笔到底。

——《鉴赏家》

黑蛐蛐跟这些“名将”斗了一圈，没有一只，能经得三个回合，全都不死带伤望风而逃。

——《蛐蛐》

目录

contents

故乡记忆，亦真亦幻

寻常市井，不话寻常

在云南，在西南联大

故乡记忆，亦真亦幻

人/间/小/暖

刚才那两个老人是谁?

父亲在洗刮鸭掌，每个蹠蹼都撑开细细看过，是不是还有一丝泥垢，一片没有刮尽的皮，样子就像是做着一件精巧的手工似的。两副鸭掌，白白净净，一只一只，妥妥停停的一排。四个鸭翅，也白白净净，一只一只，妥妥停停一排。看起来简直绝对想不到那是从一只鸭子身上取下来的，仿佛天生成这么一种好吃东西，就这样生的就可以吃了，入口且一定爽糯鲜甜无比，漂亮极了，可爱极了。我忍不住伸手用指头去捏捏弄弄，觉得非常舒服。鸭翅尤其是血色和匀丰满而肉感。就是那个叫我拿着简直无法下手的鸭肫，父亲也把它处理得极美，他握在手里，掂了一掂，“真不小，足有六两重！”用他那把角柄小刀从栗紫色当中闪着钢蓝色的那儿一个微微凹处轻轻一划，一翻，蓝黄色鱼子状的东西绽出来了。“你说脏，脏什么！一点都不！”是不脏，他弄得叫我觉得不脏，我甚至没有觉得臭味。洗涮了几次，往鸭掌鸭翅之间一放，样子名贵极了，一个什么珍奇的果品似的。我看他做这一切，用他的洁白的、熨贴的，然而男性的、有精力、果断、可靠的手做这一切，看得很感动。王羲之论钟张书，“张精熟过人”，又曰“须得书意转深，点画之间皆有意，自有言所不得尽其妙者，事事皆然”。“精熟”，“有意”，说得真好。我追随他的每一动作，以心，以目，正如小时，看他作画。父亲一路来直称赞鸡鸭店那个伙计，说他拗折鸭掌鸭翅，准确极了，轻轻一来，毫不费事，毫不牵皮带肉，再三赞叹他得着了“诀窍”，所好者技，进乎道矣，相信父亲自己落到鸡鸭店做伙计，也一定能做到如此地步的！

这个地方鸡鸭多，鸡鸭店多，教门馆子多，一定有不少回回。回回多，当有来历，是一颇有兴趣问题，我们家乡信回教的极少，数得出来的，鸡鸭店则全城似只一家。小小一间铺面，干净而寂寞，经过时总为一种深刻印象所袭，一种说不出来的东西与别人家截然不同。铺子在我舅舅家附近，出一个深巷高坡，上了大街，拐角上第一家就是。主人相貌奇古，一个非常的大鼻子，真大！鼻子上一个洞，一个洞，通红通红，十分鲜艳，一个酒糟鼻子。我从那一个鼻子上认得了什么叫酒糟鼻子。没有人告诉过我，我无师自通，一看见那个鼻子就知道了：“酒糟鼻子！”日后我在别处看见了类似而远比不上的鼻子，我就想到那个店主人。刚才在鸡鸭店我又想到那个鼻子！从来没有去买过鸡鸭，不知那个鼻子有没有那样的手段？现在那个人，那爿店，那条斜阳古柳的巷子不知如何了。……

一串螃蟹在门后叽哩咕噜吐着泡沫。

打气炉子呼呼地响。这个机械文明在这个小院落里也发出一种古代的声音，仿佛是《天工开物》甚至《考工记》上的玩意了。

一声鸡啼。一个金彩烂丽的大公鸡，一只很好的鸡，在小天井里徘徊顾盼，高傲冷清，架上两盆菊花，一盆晓色，一盆懒梳妆。——大概多数人一定欣赏懒梳妆名目，但那不免过于雕琢着意，太贴附事实，远不比晓色之得其神理，不落形象，妙手偶得，可遇不可求。看

一声鸡啼。一个金彩烂丽的大公鸡，一只很好的鸡，在小天井里徘徊顾盼，高傲冷清，架上两盆菊花，一盆晓色，一盆懒梳妆。

过又画过这种花的就可以晓得，再没有比这更难捉摸的颜色了，差一点就完全不是那回事！天晓得颜色是什么样子呢，可是一看到这种花叆叆叇叇、清新醒活的劲儿，你就觉得一点不错，这正是“晓色”！心中所有，笔下所无的两个字。

我们刚回来一会儿，买了鸭翅、鸭掌、鸭舌、鸭肫，八只蟹、青菜两棵、葱一小把、姜一块回来，我来看父亲，父亲整天请我吃，来了几天，吃了几天。昨天晚上隔了一层板壁，他睡在外面房间，我睡在里头，躺在床上商议明天不出去吃了，在家里自己做。不要多，菜只要两个，一个蟹，蒸一蒸，不费事——喝酒；一个舌掌汤，放两个菜头烩一烩——吃饭。我父亲实在很会过日子，一个人在外头，一高兴就自己做饭，很会自得其乐！——那几只蟹买得好，在路上已经有两个人问过，好大蟹，什么地方买的，多少钱一斤，很赞许的样子，一个老先生，一个女人，全都自然极了，亲切极了，可是我们一点也不认识，真有意思！大都市里恐怕很少这种情形了。

那两个老人是谁呢，父亲跟他们招呼的，在沙滩上？——

街上回来，行过沙滩。沙滩上有人分鸭子。三个——后来又来了一个，四个，四个汉子站在一个大鸭圈里，在熙熙攘攘的鸭子里，一个一个，提起鸭脖子，看一看，分别丢在四边几个较小鸭圈里。看的什么？——四个人都是短棉袄。有纽子扣得好好的，有的只掖上，下面皆系青布鱼裙，这一带江边湖边，荡口桥头，依水而住，靠水吃水的人，卖鱼的，贩菱藕的，收鸡头芡实，经营芦柴茭草生意的，类多有这么一条青布裙子。昨天在渡口市滩看见有这种裙子在那儿卖，我说我想买一条，父亲笑笑。我要当真去买，人家不卖，以为我是开玩笑的。真想看一个人走来讨价还价，说好说歹，这一定是很值得一看的。然而过去又过来，那两条裙子竟是原样放着，似乎没有人抖开前前后后看过！这种裙子穿在身上，有什么好处，什么方便，有什么感情洋溢出来呢？这与其说是一种特别装束，不如说是一种特别装束的遗制，其由来盖当相当古远，似乎为了一点纪念的深心！他们才那么爱好这条裙子，和头上那种瓦块毡帽。这么一打扮，就“像”了，所有的身份就都出来了。“我与我周旋久，宁作我”，生养于水的，必将在水边死亡，他们从不梦想离开水，到另一处去过另外一种日子，他们简直自成一个族类，有他们不改的风教遗规。看的是鸭头，分别公鸭母鸭？母鸭下蛋，可能价钱卖得贵些？不对！鸭子上了市，多是卖给人吃，养老了下蛋的十只里没有一只。要单别公母，弄两个大圈就行了，把公的赶到一边，剩下不就全是母的了，无须这么麻烦。是公是母，一眼还不就看出来，得要那么捉起来放到眼前认一认么？那几个小圈里分明灰头绿头都有。——沙滩上悠悠窅窅，安静极了，然而万籁有声，江流浩浩，飘忽着一种广大深微的呼吁，一种半消沉半积极的神秘意向，极其悄怆感人。东北风。交过小雪了，真的入了冬了，可是江南地暖，虽已至“相逢不出手”时候，身体各处却还觉得舒舒服服，饶有清兴，不很肃杀。天有默阴，空气里潮润润的。新麦，旧柳，抽了卷须的豌豆苗，散过了絮的蒲公英，全都欣然接受这点水气，很久没有下雨。鸭子似乎也很满意这样的天气，显得比平常安静得多。脖子被提起来，并不表示抗议——也由于那几个鸭贩子提得是地方，一提起，就势儿就摔了过去，不致令它们痛苦，甚至那一摔还会叫它们得到筋肉伸张的快感，所以往来走动，煦煦然很自在的

新麦，旧柳，抽了卷须的豌豆苗，散过了絮的蒲公英，全都欣然接受这点水气，很久没有下雨。鸭子似乎也很满意这样的天气，显得比平常安静得多。

样子，一点也看不出悲惨。人多以为鸭子是很会唠叨的动物，其实鸭子也有默处的时候，不过这么一大群鸭子而能如此雍雍雅雅，我还从未见过！它们今天早上大都得到一顿饱餐了罢。——什么地方来了一阵煮大麦芽的气味，香得很，一定有人用长柄大铲子慢慢地搅和着，就要出糖了。——是称称斤量，分开新鸭老鸭？也不对。这些鸭子全差不多大，没有问题，全是今年养的，生日不是四月就是五月初头，上下差也差不了几天。骡马看牙口，鸭子不是骡马。要看，也得叫鸭子张嘴，而鸭子嘴全闭得扁扁的！黄嘴也扁扁的，绿嘴也扁扁的。掰开来看全都是一圈细锯齿，它的板牙在肚子里，膝囊里那堆石粒子！嘴上看什么呢？——我已经断定他们看的是鸭嘴。看什么呢？哦，鸭嘴上有点东西！有一个一个印子，刻出来的。有的是一道，有的两道，有的一个十字叉叉，那个脸红通通的小伙子，（他棉袄是新的，鞋袜干干净净，他不喝酒，不赌钱，他是个好"儿子"，他有个很疼爱他的母亲。我并不嫉妒你！）尽挑那种嘴上两道的。这是记认。这一群鸭子不是一家养的，主人相熟，一伙运过江来，搅乱了，现在再分开各自出卖。对了，不会错的，这个记认做得实在有道理。

江边风大，立久了究竟有点冷，走罢。

刚才运那一车子鸡的夫妻俩不知到了哪里。一板车的鸡，一笼一笼堆得高高的。这些鸡算不算他们自己的？算他们的，该不坏了，很值几文呢。看样子似不大像，他们穿得可大不齐整。这是做活，不是上庙烧香，不是回娘家过节，用不着打扮，也许。这副板车未免太笨重了一点，车本身比那些鸡一定重得多。——虽然空车子拉起来一定又觉得很轻松的。我起初真有点不平，这男人岂有此理，让女人在前头拉，自己提了两个看起来没有多大分量的蒲包在后头自自在在地踱方步，你就在后头推一把也不妨呀！父亲不说什么，很关心地看他们过去。一直到了快拐弯的地方，我们一相视，心里有同样感动了。这一带地怎么那么不平，那么多的坑！车子拉动了之后，并不怎么费力的，陷在坑里要推上来才不容易。一下子歪倒了，赶紧上去救住，不但要气力，而且要机警灵活，压着撞着都不轻。这一下子，够受的！他抵住了，然而一个轮子还是上不来。我们走过来，两个老人也跑了过来。我上去推了一把，毫无用处，还是老人之一捡了一块砖煞住一个老往后滑的轮子，那个男人（我现在觉得他很伟大，很敬佩他），发一声喊，车子来了！不该走这条路的，该稍为绕绕，旁边不还稍为平点么。她是没有看到？是想一冲冲过去的？他要发脾气了，埋怨了！然而他没有，不但脸上没有，心里也没有。接过女人为他拾回来的落掉的瓦块帽子，掸一掸草屑，戴上，“难为了。”又走了，车子吱吱扭扭拉了过去。我这才听见，怎么刚才车轴似乎没有声音呢？加点油是否好些？他那两个蒲包里是什么东西？鸡食？路上“歪掉”的鸡？两包盐？

我想起《打花鼓》，

恩爱的夫妻
槌不离锣

这两句老在我心里唱，连底下那个“啊呃哎”。这个“啊呃哎”一声一声的弄得我心里很凄楚起来。小时杂在商贾负贩人中听过庙戏多回，不知怎么记得这么两句《一枝花》。后来翻查过戏谱，曾记诵过《打花鼓》全出，可是一有什么感触时仍是这两句，没头没脑的尽是哼哼。

这个记认做得实在很有道理。遍观鸭子全身，还有什么其他地方可以做记认呢？不像鸡，鸡长大了毛色各各不同，养鸡人全都记得，在他们眼中世界上没有两只同样的鸡，（《王婆骂鸡》曲本中列鸡色目甚繁夥贴当，可惜背不全了！）偷去杀了吃掉，剥下一堆毛，他认也认得清，小鸡子则都给染了颜色，在肩翅之间，或红或绿。有老母鸡领着，也不大容易走失。染了颜色不大好看，我小时颇不赞成，但人家养鸡可不是为的给我看的！鸭子麻烦，身上不能染红绿颜色，它要下水，整天浸在水里颜色要褪。到一放大毛，普天之下的鸭子就只有两种样子了，公鸭，母鸭。所有的公鸭都一样，所有的母鸭也全一样。鸭子养在河里，你家养，他家养，在河里会面打伙时极多，虽然赶鸭人对自己的鸭有法调度，可是有时不免要混杂。可以做记认，一看就看出来的只有那张嘴。（沈石田画鸭，总是把鸭嘴画得比实际的要宽长些，看过他三幅有鸭子或专画鸭子的画，莫不如是。）上帝造鸭，没有想到鸭嘴有这么个用处罢。小鸭子，嘴嫩嫩的，刻起来大概很容易，用把小洋刀，钳子，钉头，或者随便什么，甚至荆棘的刺，但没有问题，养鸭人家一定专有一个什么东西，轻轻那么一划就成了。鸭嘴是角质，就像指甲似的没有神经，刻起来不痛。刻过的，没有刻过的，只要是一张嘴，一样的吃碎米，浮萍，蛆虫，虾蚕，猫杀子罗汉狗子小鱼，鸭子们大概毫不在乎，不会有一只鸭子发现了，大叫出来，“咦，老哥，你嘴上怎么回事，雕了花？”想出这个主意的必然是个伶俐聪敏人。这四个汉子中哪一个会发明出来，如果从前从未有过这么一个办法？那个红脸小伙子眼睛生得很美，很撩人的，他可以去演电影。——不，还是鱼裙瓦块帽做鸭子生意！

然而那两个老人是谁呢？

父亲揭起煨罐盖子看看，闻了闻气味，“差不多了，”把一束葱放下去，掇到另一小火的炉上闷起来，打汽炉子空出来蒸蟹。碗筷摆出来，两个杯子里酌满了酒，就要吃饭了。酒真好，我十年来没有喝过这样好酒。父亲说我来了这几天，他比平常喝得要多些，我很喜欢。

“那两个年纪大的是谁？”

“怎么——你不记得了？”

我还以为我的话问得突兀，我们今天看见过好几个老人，虽然同时看见，在一处的，只有那两个；虽然父亲跟他们招呼过，未必像我一样对他们有兴趣，一直存在心里罢。他这一反问叫我很高兴，分明这是很值得记得的两个人，我的眼睛没有错，他们确是有吸引人的地方的！我以为父亲跟他们招呼时有种特殊的敬爱，也没有错，我一问，他即知道问的是谁。大概父亲也会谈起的。

“一个是余老五。”

余老五！这我立刻就知道了，是高大，广额方颡，一腮帮子白胡子根的那个。刚才我就觉得似曾相识，哪里看见过的，想来想去，找不到那个名字，我还以为又是把在另一处看过的一个老人的影子错借来了。他是余老五，真不该忘记。近二十年了，我从前想过他，若是老了该是什么样子，正是这个样子！难怪那么面熟。他不该上这里来，若在家乡街上，我能不认得？——那个瘦瘦小小，目光精利，一小撮山羊胡子，头老微微扬起，眼角微有嘲讽痕迹，行动不像是六十几的人，是——

“陆长庚。”

“陆长庚。”

“陆鸭。”

陆鸭！不过我只能说是知道他，那时候我还小。——不像余老五那是天天见得到的老街坊。

说是老街坊，余大房离我们家很有一截子路，地名大溏，已经是附郭最外一圈，是这条街的尾间了。余大房是一个炕，余老五在余大房炕房当师傅。他虽姓余，炕房可不是他开的，虽然他是这个炕房里顶重要的一个人。老板或者是他一宗，恐怕相当远，不大清楚了。大溏是一片大水，由此可至东北各乡及下河县城水道，而水边有人家处亦称大溏。这是个很动人的地方，风景人物皆极有佳胜处，产生故事极多。在这里出入的，多是那种戴瓦块毡帽系鱼裙的朋友。用一个小船在河心里顺流而下，可以看到垂杨柳、脆皮榆，茅棚瓦屋之间高爽地段常有一座比较齐整的房子，两边墙上粉得雪白，几个黑漆大字，显明阅目，一望可见，夏天外头多用芦席搭一个凉棚，绿缸中渍着凉茶，冬天照例有卖花生薄脆的孩子在门口踢毽子，树顶常飘有做会的纸幡或红绿灯笼的那是“行”。一种是鲜货行，代客投牙买卖鱼虾水货、荸荠茨菇、芋艿山药、鸡头薏米，种种杂物。一种是鸡鸭蛋行。鸡鸭蛋行旁边常常是一爿炕房。炕房无字号，多称姓某几房，似颇有古意，而余大房声誉最著，一直是最大的一家。

余五整天没有什么事情，老看他在街上逛来逛去，而且到哪里都提了他那把紫沙茶壶，坐下来就聊，一聊一半天。而且好喝酒，一天两顿，一顿四两。而且好管闲事，跟他毫无关系的事，他也要挤上来说话。而且声音奇大，这条街上一爿茶馆里随时听见他的声音。有时炕房里差个小孩子来找他有事，问人看见没有。答话人常是："看没有看见，听倒听见的。再走过三家门面，你把耳朵竖起来，找不到，再回来问我。"他一年闲到头，吃、喝、穿、用，全不缺。余大房养他。只有春夏之间，不大看见他影子了。

不知多少年没有吃那种"巧蛋"了。巧蛋是孵小鸡没有孵出来的蛋。不知什么道理，常常有些小鸡长不全，多半是长了一个小头，下面还是个蛋，不过颜色已变，黄黄的，上面略有几根毛丝；有的甚至连翅膀也全了。只是出不了壳。出不了壳，是鸡生得笨，所以这种蛋也称为"拙蛋"，说是小孩吃不得的，吃了书念不好。可是通常反过来，称为"巧蛋"了，念书的孩子也就马马虎虎准许吃了，虽然并不因为带一个巧字而鼓励孩子吃。这东西很多人不吃的。因为看上去有点发酥发麻，想一想也怪不舒服。对于不吃的人，我并不反对。有人很爱，到时候千方百计地去找。很惭愧，我是吃过的，而且只好老实说，味道很不错。吃都吃过了，赖也赖不掉，想高雅也高雅不起来了。——吃巧蛋的时候，看不见余五了，清明前后，正是炕鸡子的时候。接着，又得炕小鸭子，四月。

蛋先得挑一挑，那多是蛋行里人的责任，哪一路，哪一路收来的蛋，他们都分得好好的，鸡鸭也有"种口"，哪一种容易养，哪一种长得高大，哪一种下得蛋，他们全知道。分好了，剔一道，薄壳、过小、散黄、乱带、日久，全不要。再就是炕房师傅的事了。在一间暗屋子里，一扇门上开一个小圆洞，蛋放在洞上，闭一只眼睛，睁一只眼睛反复映看，谓之“照蛋”。第一次叫“头照”。头照是照“珠子”，照蛋黄中的胚珠，看受过精没有，用他们说法，是看有过公鸡，或公鸭没有。没有过公鸡公鸭的，出不了小鸡小鸭。照完了，这就“下炕”了。下炕后三四天（他们是论时辰的，不会这么含糊，三四天是我的印象），取出来再照，名为“二照”，二照照珠子“发饱”没有。头照很简单，谁都做得来，不用在门洞上，用手轻握如筒，蛋放在底下，迎着亮，转来转去，就看得出有没有那么一点了。二照比较要点功夫，胚珠是否隆起了一点，常常不容易断定。二照剔下来的蛋拿到外头卖，还是一样，一点看不出是炕过的。二照之后，三照四照，隔几天一次，三四照之后的蛋就变了，到知道炕里蛋都在正常发育，就不再动它，静待出炕“上床”。

下了炕之后，不大随便让人去看。下炕那天照例三牲五事，大香大烛，燃鞭放炮，磕头拜敬祖师菩萨，很隆重庄严。炕一年就做一季生意，赚钱蚀本就看这几天。但跟余五熟识，尤其是跟父亲一起去，就可以走进炕边看看。所谓“炕”是一口一口缸，里头涂糊泥草，下面不断用火烘着。火要微微的，保持一定温度。太热了一炕蛋就都熟了，太小也透不进去。什么时候加点糠或草，什么时候去掉一点，这是余五职分。那两天他整天不离开一步。许多事情不用他下手，他只须不时看一看，吩咐两句话，有下手从头照着做。余五这可显得重要极了，尊贵极了，也谨慎极了，还温柔极了。他说话细声细气，走路也轻轻的，举止动作，全跟他这个人不相称。他神情很奇怪，像总在谛听着什么似的，怕自己轻轻咳嗽也会惊散这点声音似的，聚精会神，身体各部全在一种沉湎、一种兴奋、一种极度敏感之中。熟悉炕房情形的人，都说这行饭不容易吃，一炕下来，人要瘦一套，吃饭睡觉也不能马虎一刻，这样前前后后半个多月！从前炕房里供余五抽烟的。他总是躺在屋角一张小床上抽烟，或者闭目假寐，不时就壶嘴喝一口茶，哑哑地说一句什么话。一样借以量度的器械都没有，就凭他这个人，一个精细准确而复杂多方的“表”，不以形求，全以神遇，用他的下意识来判断一切。这才是目睹身验着一个一个生命怎么完成，多有意思的事情！炕房里暗暗的、暖洋洋的，空气里潮濡濡的，笼着一度暧昧含隐的异样感觉，怔怔悸悸，缠绵持续，惶恐不安，一种怀春含情的感觉。余老五也真是有一种“母性”，虽然这两个字不管用在从前一腮帮子黑胡根子，现在一腮帮子白胡根子的余五身上都似颇为滑稽。

蛋炕好了，放在一张一张木架上，那就是“床”。床上垫棉花，放上去，不多久，就“出”了，小鸡子一个一个啄破蛋壳，啾啾叫起来。听到这声音，老板心里就开了花，而余五眼皮一耷拉，已经沉沉睡去了，小鸡子在街上卖的时候，正是余五呼呼大睡的时候。——鸭子比较简单，连床也不用上，难的是鸡。

卖小鸡小鸭是很有意思的行业。小鸡跟真正的春天一起来，气候也暖了，花也开了。而小鸭子接着就带来了夏天。“春江水暖鸭先知”，说的岂是老鸭？然而老鸭多半养在家里，在江水中游泳的似不甚多。画春江水暖诗意画出黄毛小鸭来，是极自然的，然而事实上大概是错的。小鸡小鸭都放在一个竹编浅沿有盖的大圆盒子里卖，挑了各处走，似乎没有吆唤的。一路走，一路啾啾地叫，好玩极了。小鸡小鸭皆极可爱，小鸡娇弱伶仃，小鸭常傻气固执。看它们窜跑跳跃，感到生命的欢欣。提在手里，那点微微挣抗搔骚，令人心中砰砰然动，胸口痒痒的。

余大房何以生意最好？因为有一个余老五，余老五是这一行的一个“状元”。余老五何以是状元？他炕出来的小鸡跟别人家的摆在一起，来买的人一定买余老五的鸡，他的小鸡特别大。刚刚出炕的小鸡，刚从蛋里出来的，照理是一样大小，不过是那么重一个，然而余五鸡就能大些。上戥子称，上下差不多，而看上去他的小鸡要大一套！那就好看多了，当然有人买。怎么能大一套呢？他让小鸡的绒毛都出足了。鸡蛋下了炕，比如要几十个时辰，可以出炕了，别的师傅都不敢到那个最后限度，小鸡子出得了，就取出来上床，生怕火功水气错了一点，一炕蛋整个的废了，还是稳点罢，没有胆量等。余五大概总比较多等一个半个时辰。那一个半个时辰是顶吃紧时候，半个多月功夫就在这一会现出交代，余五也疲倦到达到极限了，然而他比平常更觉醒，更敏锐。他那样子让我想起“火眼狻猊”“金眼雕”之类绰号，完全变了一个人，眼睛陷下去，变了色，光彩近乎疯人狂人。脾气也大了，动辄激恼发威，简直碰他不得，专断极了，顽固极了。很奇怪的，他倒简直不走近火炕一步，半倚半靠在小床上抽烟，一句话也不说。木床棉絮准备得好好的，徒弟不放心，轻轻来问一句“起了罢？”摇摇头，“起了罢？”还是摇摇头，只管抽他的烟，这一会儿正是小鸡放绒毛的时候，忽而作然而起，“起！”徒弟们赶紧一窝蜂取出来，简直才放上床，就啾啾啾啾地纷纷出来了。余五自掌炕以来，从未误过一回事，同行中无不赞叹佩服，以为神乎其技。道理是简单的，可是人得不到他那种不移的信心。不是强作得来的，是天才，是学问，余五炕小鸭，亦类此出色。至于照蛋煨火等节目，是尤其余事了。

因此他才配提了紫砂壶到处闲聊，一事不管，人家说不是他吃老板，是老板吃着他，没有余老五，余大房就不成其为余大房了，没有余大房，余老五仍是一个余老五。什么时候他前脚跨出那个大门，后脚就有人替他把那把紫砂壶接过去了，每一家炕房随时都在等着他。从前每年都有人来跟他谈的，他都用种种方法回绝了，后来实在麻烦不过，他开玩笑似的说："对不起，老板坟地都给我看好了！"

父亲说，后来余大房当真托人在泰山庙，就在炕房旁边，给他谈过一小块地，买成没有买成，可不知道了，附近有一片短松林，我们从前老上那儿放风筝，蚕豆花开得紫多多的，斑鸠在叫。

照说，陆长庚是个更富故事性的人，他不像余五那么质实朴素。余五高高大大，方肩膀，方下巴，到处去，而陆长庚只能算是矮子里的高人，属于这一带所说"三料个子"一型，眉毛稍为有点倒，小小眼睛，不时眨动，眨动，嘴唇秀小微薄而柔软，透出机智灵巧，心窍极多，不过乍一看不大看得出来，不仅是他的装束，举止言词亦带着很重的农民气质，安分、卑怯、愿谨，虽然比一般农民要少一点惊惶，而绝望得似乎更深些。就是这点绝望掩盖而且涂改了他的轻盈便捷了。他不像余五那样有酒有饭，有保障有寄托，他受的折磨、伤害、压迫、饥饿都多，他脸小，可是纹路比余五杂驳，写出更多人性。他有太多没有说出来的俏皮笑话，太多没有浪费的风情，没有安慰没有吐气扬眉，没有——我看我说得太逞兴了，过了一点分！所以为此，只因为我有点气愤，气愤于他一定有太多故事没有让我知道。余五若是个为人所敬重的人，他应当是那一带茶坊酒座、瓜架豆棚的一个点缀，是一个为人所喜爱的角色，可是我父亲知道他那点事完全是偶然；他表演了那么一回，也是偶然！

母亲故世之后，父亲觉得很寂寞无聊。母亲葬在窑庄，窑庄我们有一块地，这块地一直没有收成，沙性很重，种稻种麦，都不适宜，那么一片地，每年只得两担荒草作租谷，父亲于是想辟成一个小小农场，试种棉花，种水果，种瓜。把庄房收回来，略事装修，他平日即住在那边，逢年过节，有什么事情才回来。他年轻时体格极强，耐得劳苦，凡事都躬亲执役，用的两个长工也很勤勉，农场成绩还不错。试种的水蜜桃虽然只开好看的花，结了桃子还不够送人的，棉花则颇有盈余，颜色丝头都好，可是因为好得超过标准，不合那一路厂家机子用，后来就不再种了。至今政府物产统计表上产棉项下还列有窑庄地方，其实老早已经一朵都没有了。不过父亲一直还怀念那个地方，怀念那一段日子，他那几年身体弄得很好，知道了许多事情，忘记了许多事情，从来没有那么快乐满足过。我由一个女用人带着，在舅舅家过，也有时到窑庄住几天，或是父亲带我去或是我自己来了，事前连通知都不通知他！

那天我去，父亲正在屋后园子里给一棵礬杏接枝。这不是接枝的时候，不过是没有事情做，接了玩玩。接枝实在是很好玩，两种不同的树木会连在一起生长，生长而又起变化，本来涩的会变甜了，本来纽子大的会有拳头大，多神奇不可思议的事！他不知接了多少，简直看见树他就想接！手续很简单，接完了用稻草一缠就可以了。不过虽是一根稻草，却束得妥贴坚牢，不会松散。削切枝条的，正是这把角柄小刀，用了这么些年了，还是刀刃若新发于硎。我来是请他回家过节，问他我们要不就在这里过节好不好。而一个长工来了：

“三爷，鸭都丢了！”

“怎样都丢了？”

这一带多河沟港汊，出细鱼细虾，是很适于养鸭的地方。这块地上老佃户倪二，父亲原说留他，可是他对种棉花不感兴趣，而且怎么样也不肯相信从来没有结过棉花地方会出棉花，这块地向来只长荞麦、胡萝卜、绿豆、红毛草！他要退租，退租怎么维生，他要养鸭；鸭从来没有养过怎么行，他说从前帮过人，多少懂一点，没有本钱，没有本钱想跟三爷借，父亲觉得不能让他再种红毛草了，很对不起他，应当借给他钱。为了好玩，父亲也托他，买了一百只小鸭，贴他一点钱，由他代养。事发生手，他居然把一趟鸭养得不坏，父亲高兴，说：

“倪二，你不相信我种棉花，我也不相信你养鸭子，可是现在田里是什么，一朵一朵白的，那是什么？”

“是棉花。河里一只一只肥的，是——鸭子！”

“事在人为。明年我们换换手，你还是接这块地种，现在你相信它能出棉花了。我明年也来养鸭！”

父亲是真有这样意思的，地土适于植棉，已经证实，父亲并没有打算一直在这里待下去，总得有人接过。后来田还是交给倪二了。可是因为管理不善，结出来的朵子越来越伶仃了。鸭，父亲可没有自己去养，他是劝劝倪二也还是放弃水面，回到泥土，总觉得那不大适合他，与他的脾气个性，甚至血统都不相宜，这好像有一种命定安排似的，他离不开生长红毛草的这一片地，现在要来改行已经太晚了。人究竟不像树木，可以随便接枝。即树木，有些接枝也不能生长的。站在庄头场上，或早或晚，沉沉雾霭，淡淡金光中，可以看到倪二喳喳吃吃赶着一大阵鸭子经过荡口，父亲常常要摇头。

“还是不成，不‘像’！他自己以为帮人喂过食，上过圈，一窝鸭子又养得肥壮，得意得了不得，仿佛是老行家了，可是样子总不大对。这些鸭子还没有很认得他、服他、依他，他跟鸭子不能那么完全是一家子似的。照理，都就要卖了，应当简直不用拘束，那根篙子轻易不大动了。我没有看见过赶鸭用这种神情赶鸭的！”

他把“神情”两个字说得很重，仿佛神情是个什么可以拿在手里挥舞的东西似的。倪二老实一点，可是我父亲对他不能欣赏他是也可以感觉到的，倪二不服，他有他的话：

“三爷，您看！”

他的意思是就要八月中秋，马上就可以赶到市上变钱，今年鸡鸭上好市面，到那个时候倪二再说他当初为什么要改业，看看倪二眼光如何，手段如何。父亲想气他一气，说：

“倪二，你知道你手里那根篙子有多重？人说篙子是四两拨千斤，是不是只有四两？”

这就非教倪二红脸不可了，伤了他的心，他那根篙子搁得实在不顶游刃得体，不够到家。不过父亲没有说，怕太损了他的尊严。

养鸭是很苦的事。种田也是很苦的事，但那是另外一种苦。问养鸭人顶苦是什么，很奇怪的，他们回答“是寂寞”。这简直不能相信了，似乎寂寞只是坐得太久谈得太多，抽烟喝茶度日的人才有的感情，“乡下人”！会“寂寞”吗？也许寂寞是人的基本感情之一，怕寂寞是与生俱来的，襁褓中的孩子如果不是确知父母在留心着自己，他不肯一个人睡在一间屋子里。也可能这是穴居野处时对于不可知的一切来袭的恐惧心理的遗传，人总要知觉到自己不是孤身地面对整个自然。种地不是一个人的事情，车水、薅草、播种、插秧、打场、施肥，有歌声，有锣鼓，有打骂调笑，相慰相劳，热热闹闹，呼吸着人的气息。而养鸭是一种游离，一种放逐，一种流浪。一清早，天才露白，撑一个浅扁小船，才容一人起坐，叫作“鸭撇子”，手里一根竹篙，竹篙头上系一个稻草把子或破芭蕉蒲扇，用以指挥鸭子转弯入阵，也用以划水撑船，就冷冷清清地离了庄子，到一片茫茫的水里去了。一去一天，直到天压黑，才回来。下雨天穿蓑衣，太阳大戴笠子，凉了多带件衣裳，整个被人遗忘在这片水里。“连个说说话的人都没有”。这句话似极普通，可是你看看养鸭人的脸，听起来就有无比的悲愁。在那么空寥的地方，真是会引起一种原始的恐惧的，无助、无告，忍受着一种深入肌理，抽搐着腹肉，叫人想呕吐的绝望，“简直要哭出来”！单那份厌气就无法排遣，只有拼命吧嗒旱烟。远远地可以听到一两声人声，可是眼前是这些扁毛畜生！牛羊，甚至猪，都与人切身相关，可以产生感情，要跟鸭子谈谈心实在是很困难。放鸭的如果不是特别有心性，会自己娱悦，能弄一点什么东西在手上做做，心里想想的，很容易变成孤僻怪物之冷漠而褊窄。父亲觉得倪二旱烟瘾越来越大，行动虽还没看出什么改变，可是有点什么东西正在深重起来，无以名之，只有借用又是只通用于另一阶级的名词：犬儒主义。

可是鸭子肥得倪二欢喜，他看完了好利钱，这支持着他。

前两天倪二说，要把鸭子赶去卖了，已经谈好了，行用、卡钱、水脚，全算上，连底三倍利。就要赶，问父亲那一百只鸭怎么说，是不是一起卖。父亲关照他留三十只，送送人，也养几只下蛋，他要看自己家里鸭子下两个双黄玩玩。昨天晚上想起来，要多留二十只，今天叫长工去荡里跟倪二说一声。

“鸭都丢了！”

倪二说要去卖鸭，父亲问他要不要人帮一帮，怕他一个人对付不了。鸭子运起来，不像鸡装了笼子，仍是一只小船，船上准备人的粮食，简单行李，鸭圈一大卷，人在船，鸭在水，一路迤迤逶逶的走。鸭子路上要吃，还是鱼虾水虫，到了那头才不瘦膘减分量，精神好看。指挥拨反全靠那根篙子。有人可以在大江里赶十天半月，晚上找个沙洲歇一歇，这不是外行冒充得来的。

“不要！”

怕父亲还要说什么，他偷偷准备准备，留下三十只，其余的一早赶过荡，过白莲湖，转到大湖里，到邻县城里去了。长工一到荡口，问人：

“倪二呢？”

“倪二在白莲湖里，你赶快去看看，叫三爷也去看看——一趟鸭子全散了！”

白莲湖是一口小湖，离窑庄不远，出菱，出藕，藕肥白少渣滓，荷花倒是红的多。或散步，或乘船赶二五八集期，我们也常去的，湖边港汊甚多，密密地长着芦苇。新芦苇长得很高了。莲蓬已经采过，荷叶颜色发了黑，多半全破了，人过时常有翡翠鸟冲起掠过，翠绿的一闪，疾速如箭，切断人的思绪或低低的唱歌。

小船浮在岸边，竹篙横在船上，篙子头上的破蒲扇不知哪里去了。倪二呢？坐在一个石辘轳上，手里团着他的瓦块帽子，额头上破了一块皮，在一个人家晒场上，为几个人围着，他好像老了十年。他疲倦了，一清早到现在，现在是下半天了，他一定还没有吃过饭，跟这些鸭子奋斗了半日。他的饭在船上一个布口袋里，一袋子老锅巴。他坐着不动，看不出他心里什么滋味，不时头忽然抖一抖，好像受了震动。——他的脖子里的沟好深，一方格一方格的，颜色真红，烧焦了似的。那么坐着，脚恐怕要麻了，好傻相的脚！父亲叫他：

“倪二。”

“三爷！”

他像个孩子似的哭起来了。——怎么办呢？

“去找陆长庚，他有法子。”

“哎，除非陆长庚。”

“只有老陆，陆鸭。”

陆长庚在哪里？

“多半在桥头茶馆。”

桥头有个茶馆，为的鲜货行客人、蛋行客人、陆陈粮行客人，区里、县里、党部里来的人谈话讲生意而设的，卖清茶，代卖烟纸、洋杂、针线、香烛、鸡蛋糕、麻酥饼、七厘散、紫金锭、菜种、草鞋、契纸、小绿颖毛笔、金不换黑墨、何通记纸牌。这一带闲散无事人常借茶馆聚赌玩钱。有时纸牌，最为文雅。有时麻雀，那副牌有一张红中丢了，配了牌九上一张杂七，这杂七于是成为桌上最关心的一张牌了。有时推牌九，下旁注的比坐下来拿牌的要多，在后头呼幺喝六，帮别人呐喊助威的更多。船从桥边过，远远地就看到一堆兴奋忘形的人头人手，走过了一段，还听得到“七七八八——不要九！”“磨一点，再磨一点，天地遇牯牛，越大越封侯！”呼声。常在后头看斜头胡的，有人指点过，那就是陆长庚，这一带放鸭的第一手，诨号陆鸭，说他自己简直就是一只老鸭。——瘦瘦小小，神情总是在发愁的样子。他已经多年不养鸭了，见到鸭就怕了，运气不好，老是瘟。

“不要你多，十五块洋钱。”

十五块钱在从前很是一个数目了。许多人都因为这个数目而回了回头，看看倪二，看看陆长庚，桌面上顶大的注子是一吊钱三三四，天之九吃三道。

说了半天，讲定了，十块钱。看一家地杠通吃，红了一庄，方去。

“把鸭圈全拿好，倪二你会赶鸭子进圈的？我吆上来，你就赶，鸭子在水里好弄，上了岸七零八落的不好捉。”

这十块钱太赚得不费力了！拈起那根篙子，撑到湖心，人扑在船上，把篙子平着在水上扑一气，嘴里啧啧咕咕不知叫点什么，嚇——都来了！鸭子四面八方，从芦苇缝里像来争什么东西似的，拼命地拍着翅膀，挺着脖子，一起奔到他那只小船的四围来。本来平静寥阔的湖面，一时骤然热闹起来，全是鸭子，不知为什么，高兴极了，喜欢极了，放开喉咙大叫，不停地把头没在水里，翻来翻去。岸上人看到这情形，都忍不住大笑起来，连倪二都笑了，他笑得尤其舒服。差不多都齐了，篙子一抬，嘴子曼声唱着，鸭子马上又安静起来，文文雅雅，摆摆摇摇，向岸边游来，舒闲整齐有致。兵法用兵第一贵“和”，这个字用来形容那些鸭子真恰切极了。他唱的不知是什么，仿佛鸭子都很爱听，听得很入神似的，真怪！

“一共多少只？”

“三千多。”

“三千多少？”

“三千零四十二。”

他拣一个高处，四面一望。

“你数数，大概不差了。——嗨！你这里头怎么来了一只老鸭！是哪一家养的老鸭叫你裹来了！”

倪二分辩，分辩也没有用，他一伸手捞住了。

“它屁股一撅，就知道。新鸭子拉稀屎，过了一年的，才硬。鸭肠子鸭头的那里有个小箍道，老鸭子就长老了。吃新鸭子，不喝酒，容易拉肚，就因为鸭肠子不老。裹了人家鸭自己还不知道，只知道多了一只！”

“我不要你多，只要两只。送不送由你。”

怎么小气，也没法不送他，他已经到鸭圈里提了两只，一手一只，拎了一拎。

“多重？”

他问人。

“你说多重？”

有人问他。

“六斤四——这一只，多一两，六斤五。这一趟里顶壮的两只。”

不相信，哪里一两也分得出，就凭手拎一拎?

“不相信，不相信拿秤来称。称得不对，两只鸭算你的；对了，今天晚上上你家里喝酒。”

称出来，一点都不错。

“拎都用不着拎，凭眼睛看，说得出这一趟鸭一个一个多重。”

不过先得大叫一声才看得出来。鸭身上有毛，毛蓬松着看不出来，得惊它一惊，一惊，鸭毛就紧了，贴在身上了，这就看得出哪一个肥哪一个瘦。

“晚上喝酒了，在茶馆里会。不让你费事，鸭先杀好。”

他刀也不用，一个指头往鸭子三岔骨处一捣，两只鸭挣扎都不挣扎就死了。

“杀的鸭子不好吃，鸭子要吃呛血的，肉才不老。”

什么事他都是轻描淡写，毫不大惊小怪。说话自然露出得意，可是得意之中还是有一种对于自己的嘲讽，仿佛这是并不稀奇的事，而且正因为有这点本领，他才种种不如别人。他日子过得很不如意，种一点地，种的是豆子。“懒媳妇种豆”，豆子是顶不要花工夫气力的。从前放过鸭，可是本钱都蚀光了。鸭子瘟起来不得了，只要看见一个鸭摇一摇头，就完了。还不像鸡，鸡瘟起来比较慢，灌点胡椒香油，还可以有点救。鸭，一个摇头，个个摇头，马上，都不动了。比在三岔骨上捣一指头还快。常常一趟鸭子放到荡里，回来时只有自己一个人了。看着死，毫无办法。陆长庚吃的鸭可太多了，他发誓，从此决不再养。

“倪老二，十块钱不白要你的，我给你送到。今天晚了，你把鸭圈起来过一夜，明天一早我来。三爷，十块钱赶一趟鸭，不算顶贵噢？”

他知道这十块钱将由谁来出。

当然，第二天大早他来时仍是一个陆长庚，一夜七戳五在手，输得光光的。

“没有！还剩一块！”

这两个人都老了，时候过起来真快。两个老人怎么会到这里来了呢？现在在做什么呢？父亲也不大清楚，我请父亲给我打听打听，可是一直还没有信来。——忽然想起来，那个分鸭子的年轻小伙子一定是两老人之一的儿子，而且是另一老人的女婿。我得写封信去问问。也顺便问问父亲房东家养在院子里的那只大公鸡不知怎么了。——这只公鸡，他们说它有神经病，我看大概不是神经病。一窝小鸡买进来时本来是十只，次第都已死去，只剩下这个长命。不过很怪，常常它会曲起一只脚来乱蹦乱跳一气，就像发了疯似的。可能是抽筋，不过鸡会抽筋么？它左脚有点异样，脚趾全向里弯，有点内八字，最外一个而且好像短了一截，可能是小时叫什么重东西压的。是这影响他生理上有时不大平衡么？父亲说怕是受刺激太深，与它的同伴的死有关，那当然是开玩笑。——哎哟，一年了，该没有被杀掉风起来罢？这两天正是风鸡的时候。

李三

李三是地保，又是更夫。他住在土地祠。土地祠每坊都有一个。“坊”后来改称为“保”了。只有死了人，和尚放焰口，写疏文，写明死者籍贯，还沿用旧称：“南赡部洲中华民国某省某县某坊信士某某……”云云。疏文是写给阴间的公事。大概阴间还没有改过来。土地是阴间的保长。其职权范围与阳间的保长相等，不能越界理事，故称“当坊土地”。李三所管的，也只是这一坊之事。出了本坊，哪怕只差一步，不论出了什么事，死人失火，他都不问。一个坊或一个保的疆界，保长清楚，李三也清楚。

土地祠是俗称，正名是“福德神祠”。这四个字刻在庙门的砖额上，蓝地金字。这是个很小的庙。外面原有两根旗杆。西边的一根有一年叫雷劈了（这雷也真怪，把旗杆劈得粉碎，劈成了一片一片一尺来长的细木条），只剩东边的一根了。进门有一个门道，两边各有一间耳房。东边的，住着李三。西边的一间，租给了一个卖糜饭饼子的。——糜饭饼子是米粥捣成糜，发酵后在一个平锅上烙成的，一面焦黄，一面是白的，有一点酸酸的甜味。再往里，过一个两步就跨过的天井，便是神殿。迎面塑着土地老爷的神像。神像不大，比一个常人还小一些。这土地老爷是单身——不像乡下的土地庙里给他配一个土地奶奶。是一个笑眯眯的老头，一嘴的白胡子。头戴员外巾，身穿蓝色道袍。神像前是一个很狭的神案。神案上有一具铁制蜡烛架，横列一排烛钎，能插二十来根蜡烛。一个瓦香炉。神案前是一个收香钱的木柜。木柜前留着几尺可供磕头的砖地。如此而已。

李三同时又是庙祝。庙祝也没有多少事。初一、十五，把土地祠里外打扫一下，准备有人来进香。过年的时候，把两个“灯对子”找出来，挂在庙门两边。灯对子是长方形的纸灯，里面是木条钉成的框子，外糊白纸，上书大字，一边是“风调雨顺”，一边是“国泰民安”。灯对子里有横隔，可以点蜡烛。从正月初一，一直点到灯节。这半个多月，土地祠门前明晃晃的，很有点节日气氛。这半个月，进香的也多。每逢香期，到了晚上，李三就把收香钱的柜子打开，把香钱倒出来，一五一十地数一数。

偶尔有人来赌咒。两家为一件事分辩不清——常见的是东家丢了东西，怀疑是西家偷了，两家对骂了一阵，就各备一份香烛到土地祠来赌咒。两个人同时磕了头，一个说：“土地老爷在上，若是某某偷了我的东西，就叫他现世现报！”另一个说：“土地老爷在上，我若做了此事，就叫我家死人失天火！他诬赖我，也一样！”咒已赌完，各自回家。李三就把只点了小半截的蜡烛吹灭，拔下，收好，备用。

李三最高兴的事，是有人来还愿。坊里有人家出了事，例如老人病重，或是孩子出了天花，就到土地祠来许愿。老人病好了，孩子天花出过了，就来还愿。仪式很隆重：给菩萨“挂匾”——送一块横宽二三尺的红布匾，上写四字：“有求必应”。满炉的香，红蜡烛把铁架都插满了（这种蜡烛很小，只二寸长，叫做“小牙”）。最重要的是：供一个猪头。因此，谁家许了愿，李三就很关心，随时打听。这是很容易打听到的。老人病好，会出来扶杖而行。孩子出了天花，在衣领的后面就会缝一条二指宽三寸长的红布，上写“天花已过”。于是李三就满怀希望地等着。这猪头到了晚上，就进了李三的砂罐了。一个七斤半重的猪头，够李三消受好几天。这几天，李三的脸上随时都是红喷喷的。

地保所管的事，主要的就是死人失火。一般人家死了人，他是不管的，他管的是无后的孤寡和“路倒”。一个孤寡老人死在床上，或是哪里发现一具无名男尸，在本坊地界，李三就有事了：拿了一个捐簿，到几家殷实店铺去化钱。然后买一口薄皮棺材装殓起来；省事一点，就用芦席一卷，草绳一捆（这有个名堂，叫做“万字纹的棺材，三道紫金箍”），用一把锄头背着，送到乱葬冈去埋掉。因此本地流传一句骂人的话：“叫李三把你背出去吧！”李三很愿意本坊常发生这样的事，因为募化得来的钱怎样花销，是谁也不来查账的。李三拿埋葬费用的余数来喝酒，实在也在情在理，没有什么说不过去。这种事，谁愿承揽，就请来试试！哼，你以为这几杯酒喝到肚里容易呀！不过，为了心安理得，无愧于神鬼，他在埋了死人后，照例还为他烧一陌纸钱，磕三个头。

李三瘦小干枯，精神不足，拖拖沓沓，迷迷瞪瞪，随时总像没有睡醒——他夜晚打更，白天办事，睡觉也是断断续续的，看见他时他也真是刚从床上爬起来一会，想不到有时他竟能跑得那样快！那是本坊有了火警的时候。这地方把失火叫成“走水”，大概是讳言火字，所以反说着了。一有人家走水，李三就拿起他的更锣，用一个锣棒使劲地敲着，没命地飞跑，嘴里还大声地嚷叫："××巷×家走水啦！××巷×家走水啦！"一坊失火，各坊的水龙都要来救，所以李三这回就跑出坊界，绕遍全城。

李三希望人家失火么？哎，话怎么能这样说呢！换一个说法：他希望火不成灾，及时救灭。火灭之后，如果这一家损失不大，他就跑去道喜："恭喜恭喜，越烧越旺！"如果这家烧得片瓦无存，他就去向幸免殃及的四邻去道喜："恭喜恭喜，土地菩萨保佑！"他还会说：火势没有蔓延，也多亏水龙来得快。言下之意也很清楚：水龙来得快，是因为他没命地飞跑。听话的人并不是傻子。他飞跑着敲锣报警，不会白跑，总是能拿到相当可观的酒钱的。

地保的另一项职务是管叫花子。这里的花子有两种，一种是专赶各庙的香期的。初一、十五，各庙都有人进香。逢到菩萨生日（这些菩萨都有一个生日，不知是怎么查考出来的），香火尤盛。这些花子就从庙门、甬道，一直到大殿，密密地跪了两排。有的装做瞎子，有的用蜡烛油画成烂腿（画得很像），"老爷太太"不住地喊叫。进香的信女们就很自觉地把铜钱丢在他们面前破瓢里，她们认为把钱给花子，是进香仪式的一部分，不如此便显得不虔诚。因此，这些花子要到的钱是不少的。这些虔诚的香客大概不知道花子的黑话。花子彼此相遇，不是问要了多少钱，而说是"唤了多少狗！"这种花子是有帮的，他们都住在船上。每年还做花子会，很多花子船都集中在一起，也很热闹。这一种在帮的花子李三惹不起，他们也不碍李三的事，井水不犯河水。李三能管的是串街的花子。串街要钱的，他也只管那种只会伸着手赖着不走的软弱疲赖角色。李三提了一根竹棍，看见了，就举起竹棍大喝一声："去去去！"有三等串街的他不管。一等是唱道情的。这是斯文一脉，穿着破旧长衫，念过两句书，又和吕洞宾、郑板桥有些瓜葛。店铺里等他唱了几句"老渔翁，一钓竿"，就会往柜台上丢一个铜板。他们是很清高的，取钱都不用手，只是用两片简板一夹，咚的一声丢在渔鼓筒里。另外两等，一是耍青龙（即耍蛇）的，一是吹筒子的。耍青龙的弄两条菜花蛇盘在脖子里，蛇信子簌簌地直探。吹筒子的吹一个外面包了火赤练蛇皮的竹筒，"布——呜！"声音很难听，样子也难看。他们之一要是往店堂一站，半天不走，这家店铺就甭打算做生意了：女人、孩子都吓得远远地绕开走了。照规矩（不知是谁定的规矩），这两等，李三是有权赶他们走的。然而他偏不赶，只是在一个背人处把他们拦住，向他们索要例规。讨价还价，照例要争执半天。双方会谈的地方，最多的是官茅房——公共厕所。

地保当然还要管缉盗。谁家失窃，首先得叫李三来。李三先看看小偷进出的路径。是撬门，是挖洞，还是爬墙。按律（哪朝的律呢）：如果案发，撬门罪最重，只下明火执仗一等。挖洞次之。爬墙又次之。然后，叫本家写一份失单。事情就完了。如果是爬墙进去偷的，他还不会忘了把小偷爬墙用的一根船篙带走。——小偷爬墙没有带梯子的，只是从河边船上抽一根竹篙，上面绑十来个稻草疙瘩，戗在墙边，踩着草瘩疙就进去了。偷完了，照例把这根竹篙靠在墙外。这根船篙不一会就会有失主到土地祠来赎。——"交二百钱，拿走！"

丢失衣物的人家，如果对李三说，有几件重要的东西，本家愿出钱赎回，过些日子，李三真能把这些赃物追回来。但是是怎样追回来的，是什么人偷的，这些事是不作兴问的。这也是规矩。

李三打更。左手拿着竹梆，吊着锣，右手锣槌。

笃，铛。定更。

笃，笃；铛——铛。二更。

笃，笃，笃；铛铛——铛。三更。

三更以后，就不打了。

打更是为了防盗。但是人家失窃，多在四更左右，这时天最黑，人也睡得最死。李三打更，时常也装腔作势吓唬人：“看见了，看见了！往哪里躲！树后头！墙旮旯！……”其实他什么也没看见。

一进腊月，李三在打更时添了一个新项目，喊：“小心火烛”[①]：

“岁尾年关——小心火烛！——

“火塘扑熄——水缸上满！——

---

①清末邑人谈人格有《警火》诗即咏此事，诗有小序，并录如下：

警火

送灶后里胥沿街鸣锣于黄昏时，呼“小心火烛”。岁除即叩户乞赏。

烛双辉，香一炷，敬惟司命朝天去。云车风马未归来，连宵灯火谁持护。铜钲入耳警黄昏，侧耳有语还重申：“缸注水，灶徙薪”，沿街一一呼之频。唇干舌燥诚苦辛，不谋而告君何人？烹羊酌醴欢除夕，司命归来醉一得。今宵无用更鸣钲，一笑敲门索酒值。

从谈的诗中我们知道两件事。一是这种习俗原来由来已久，敲锣喊叫的正是李三这样的“里胥”。二是为什么在那样日子喊叫。原来是因为那时灶王爷上天去了，火烛没人管了。这实在是很有意思。不过，真实的原因还是岁暮风高，容易失火，与灶王的上天去汇报工作关系不大。

“老头子老太太，铜炉子撂远些[1]——！

“屋上瓦响，莫疑猫狗，起来望望——！

“岁尾年关，小心火烛……”

店铺上了板，人家关了门，外面很黑，西北风呜呜地叫着，李三一个人，腰里别着一个白纸灯笼，大街小巷，拉长了声音，有板有眼、有腔有调地喊着，听起来有点凄惨。人们想到：一年又要过去了。又想：李三也不容易，怪难为他。

没有死人，没有失火，没人还愿，没人家挨偷，李三这几天的日子委实过得有些清淡。他拿着锣、梆，很无聊地敲着三更：

“笃，笃，笃；铛，铛——铛！”

一边敲，一边走，走到了河边。一只船上有一枝很结实的船篙在船帮外面别着，他一伸手，抽了出来，夹在胳肢窝里回身便走。他还不紧不慢地敲着：

“笃，笃，笃；铛，铛——铛！”

不想船篙带不动了，篙子的后梢被一只很有劲的大手攥住了。

李三原想把船篙带到土地祠，明天等这个弄船的拿钱来赎。能弄二百钱，也能喝四两。不想这船家刚刚起来撒过尿，躺下还没有睡着。他听到有人抽篙子，爬出舱口一看，是李三！

“好，李三！你偷篙子！”

“莫喊！莫喊！”

李三不是很要脸面的人，但是一个地保偷东西，而且叫人当场捉

---

①“撂远些”是说不要挨床太近，以免炉中残火烧着被褥。

住，总不大好看。

“你认打认罚？”

“认罚！认罚！罚多少？”

“罚二百钱！”

李三老是罚乡下人的钱。谁在街上挑粪，溅出了一点，“罚！二百钱！”谁在不该撒尿的地方撒了尿，“罚！二百钱！”没有想到这回被别人罚了。李三挨罚，这是有史以来第一次。

榆树

侉奶奶住到这里一定已经好多年了，她种的八棵榆树已经很大了。

这地方把徐州以北说话带山东口音的人都叫做侉子。这县里有不少侉子。他们大都住在运河堤下，拉，推独轮车运货（运得最多的是河工所用石头），碾石头粉（石头碾细，供修大船的和麻丝桐油和在一起填塞船缝），烙锅盔（这种干厚棒硬的面饼也主要是卖给侉子吃），卖牛杂碎汤（本地人也有专门跑到运河堤上去尝尝这种异味的）……

侉奶奶想必本是一个侉子的家属，她应当有过一个丈夫，一个侉老爹。她的丈夫哪里去了呢？死了？还是“贩了桃子”——扔下她跑了？不知道。她丈夫姓什么？她姓什么？很少人知道。大家都叫她侉奶奶。大人、小孩，穷苦人、有钱的，都这样叫。倒好像她就姓侉似的。

侉奶奶怎么会住到这样一个地方来呢？（这附近住的都是本地人，没有另外一家侉子）她是哪年搬来的呢？你问附近的住户，他们都回答不出，只是说：“啊，她一直就在这里住。”好像自从盘古开天地，这里就有一个侉奶奶。

侉奶奶住在一个巷子的外面。这巷口有一座门，大概就是所谓里门。出里门，有一条砖铺的街，伸向越塘，转过螺蛳坝，奔臭河边，是所谓后街。后街边有人家。侉奶奶却又住在后街以外。巷口外，后街边，有一条很宽的阴沟，正街的阴沟水都流到这里，水色深黑，发出各种气味，蓝靛的气味、豆腐水的气味、做草纸的纸浆气味。不知道为什么，闻到这些气味，叫人感到忧郁。经常有乡下人，用一个接了长柄的洋铁罐，把阴沟水一罐一罐刮起来，倒在木桶里（这是很好的肥料），刮得沟底嘎啦嘎啦地响。跳过这条大阴沟，有一片空地。侉奶奶就住在这片空地里。

侉奶奶的家是两间草房。独门独户，四边不靠人家，孤零零的。她家的后面，是一带围墙。围墙里面，是一家香店的作坊，香店老板姓杨。香是像压饸饹似的挤出来的。挤的时候还会发出“蓬——”的一声。侉奶奶没有去看过师傅做香，不明白这声音是怎样弄出来的。但是她从早到晚就一直听着这种很深沉的声音。隔几分钟一声，“蓬——蓬——蓬——”。围墙有个门，从门口往里看，便可看到一扇一扇像铁纱窗似的晒香的棕绷子，上面整整齐齐平铺着两排黄色的线香。侉奶奶门前，一眼望去，有一个海潮庵。原来不知是住和尚还是住尼姑的，多年来没有人住，废了。再往前，便是从越塘流下来的一条河。河上有一座小桥。侉奶奶家的左右都是空地。左边长了很高的草。右边是侉奶奶种的八棵榆树。

侉奶奶靠给人家纳鞋底过日子。附近几条巷子的人家都来找她，拿了旧布（间或也有新布）、袼褙（本地叫做“骨子”）和一张纸剪的鞋底样。侉奶奶就按底样把旧布、袼褙剪好，“做”一“做”（粗缝几针），然后就坐在门口小板凳上纳。扎一锥子，纳一针，“哧啦——哧啦”。有时把锥子插在头发里“光”一“光”（读去声）。侉奶奶手劲很大，纳的针脚很紧，她纳的底子很结实，大家都愿找她纳。也不讲个价钱。给多，给少，她从不争。多少人穿过她纳的鞋底啊！

侉奶奶一清早就坐在门口纳鞋底。她不点灯。灯碗是有一个的，房顶上也挂着一束灯草。但是灯碗是干的，那束灯草都发黄了。她睡得早，天上一见星星，她就睡了。起得也早。别人家的烟筒才冒出烧早饭的炊烟，侉奶奶已经纳好半只鞋底。除了下雨下雪，她很少在屋里（她那屋里很黑），整天都坐在门外扎锥子，抽麻线。有时眼瘘了，手困了，就停下来四面看看。

正街上有一家豆腐店，有一头牵磨的驴。每天上下午，豆腐店的一个孩子总牵驴到侉奶奶的榆树下打滚。驴乏了，一滚，再滚，总是翻不过去。滚了四五回，哎，翻过去了。驴打着响鼻，浑身都轻松了。侉奶奶原来直替这驴在心里攒劲；驴翻过了，侉奶奶也替它觉得轻松。

街上的，巷子里的孩子常上侉奶奶门前的空地上来玩。他们在草窝里捉蚂蚱，捉油葫芦。捉到了，就拿给侉奶奶看。“侉奶奶，你看！大不大？”侉奶奶必很认真地看一看，说：“大。真大！”孩子玩一回，又转到别处去玩了，或沿河走下去，或过桥到对岸远远的一个道士观去看放生的乌龟。孩子的妈妈有时来找孩子（或家里来了亲戚，或做得了一件新衣要他回家试试），就问侉奶奶：“看见我家毛毛了么？”侉奶奶就说：“看见咧，往东咧。”或“看见咧，过河咧。”……

侉奶奶吃得真是苦。她一年到头喝粥。三顿都是粥。平常是她到米店买了最糙最糙的米来煮。逢到粥厂放粥（这粥厂是官办的，门口还挂一块牌：××县粥厂），她就提了一个“檑子”（小水桶）去打粥。这一天，她就自己不开火仓了，喝这粥。粥厂里打来的粥比侉奶奶自己煮的要白得多。侉奶奶也吃菜。她的“菜”是她自己腌的红胡萝卜。啊呀，那叫咸，比盐还咸，咸得发苦！——不信你去尝一口看！

只有她的侄儿来的那一天，才变一变花样。

侉奶奶有一个亲人，是她的侄儿。过继给她了，也可说是她的儿子。名字只有一个字，叫个“牛”。牛在运河堤上卖力气，也拉，也推车，也碾石头。他隔个十天半月来看看他的过继的娘。他的家口多，不能给娘带什么，只带了三斤重的一块锅盔。娘看见牛来了，就上街，到卖熏烧的王二的摊子上切二百钱猪头肉，用半张荷叶托着。另外，还忘不了买几根大葱，半碗酱。娘俩就结结实实地吃了一顿山东饱饭。

侉奶奶的八棵榆树一年一年地长大了。香店的杨老板几次托甲长丁裁缝来探过侉奶奶的口风，问她卖不卖。榆皮，是做香的原料。——这种事由买主亲自出面，总不合适。老街旧邻的，总得有个居间的人出来说话。这样要价、还价，才有余地。丁裁缝来一趟，侉奶奶总是说：“树还小咧，叫它再长长。”

人们私下议论：侉奶奶不卖榆树，她是指着它当棺材本哪。

榆树一年一年地长。侉奶奶一年一年地活着，一年一年地纳鞋底。

侉奶奶的生活实在是平淡之至。除了看驴打滚，看孩子捉蚂蚱、捉油葫芦，还有些什么值得一提的事呢？——这些捉蚂蚱的孩子一年比一年大。侉奶奶纳他们穿的鞋底，尺码一年比一年放出来了。

值得一提的有：

有一年，杨家香店的作坊接连着了三次火，查不出起火原因。人说这是“狐火”，是狐狸用尾巴蹭出来的。于是在香店作坊的墙外盖了一个三尺高的“狐仙庙”，常常有人来烧香。着火的时候，满天通红，乌鸦乱飞乱叫，火光照着侉奶奶的八棵榆树也是通红的，像是火树一样。

有一天，不知怎么发现了海潮庵里藏着一窝土匪。地方保安队来捉他们。里面往外打枪，外面往里打枪，乒乒乓乓。最后是有人献计用火攻——在庵外墙根堆了稻草，放火烧！土匪吃不住劲，只好把枪丢出，举着手出来就擒了。海潮庵就在侉奶奶家前面不远，两边开仗的情形，她看得清清楚楚。她很奇怪，离得这么近，她怎么就不知道庵里藏着土匪呢？

这些，使侉奶奶留下深刻印象，然而与她的生活无关。

使她的生活发生一点变化的是——

有一个乡下人赶了一头水牛进城，牛老了，他要把它卖给屠宰场去。这牛走到越塘边，说什么也不肯走了，跪着，眼睛里吧嗒吧嗒直往下掉泪。围了好些人看。有人报给甲长丁裁缝。这是发生在本甲之内的事，丁甲长要是不管，将为人神不喜。他出面求告了几家吃斋念佛的老太太，凑了牛价，把这头老牛买了下来，作为老太太们的放生牛。这牛谁来养呢？大家都觉得交侉奶奶养合适。丁甲长对侉奶奶说，这是一甲人信得过她，侉奶奶就答应下了。这养老牛还有一笔基金（牛总要吃点干草呀），就交给侉奶奶放印子。从此侉奶奶就多了几件事：早起把牛放出来，尽它到草地上去吃青草。青草没有了，就喂它吃干草。一早一晚，牵到河边去饮。傍晚拿了收印子钱的摺子，沿街串乡去收印子。晚上，牛就和她睡在一个屋里。牛卧着，安安静静地倒嚼，侉奶奶可觉得比往常累得多。她觉得骨头疼，半夜了，还没有睡着。

不到半年，这头牛老死了。侉奶奶把放印子的摺子交还丁甲长，还是整天坐在门外纳鞋底。

牛一死。侉奶奶也像老了好多。她时常病病歪歪的，连粥都不想吃，在她的黑洞洞的草屋里躺着。有时出来坐坐，扶着门框往外走。

一天夜里下大雨。瓢泼大雨不停地下了一夜。很多人家都进了水。丁裁缝怕侉奶奶家也进了水了，她屋外的榆树都浸在水里了。他赤着脚走过去，推开侉奶奶的门一看：侉奶奶死了。

丁裁缝派人把她的侄子牛叫了来。

得给侉奶奶办后事呀。侉奶奶没有留下什么钱，牛也拿不出钱，只有卖榆树。

丁甲长找到杨老板。杨老板倒很仁义，说是先不忙谈榆树的事，这都好说，由他先垫出一笔钱来，给侉奶奶买一身老衣，一副杉木棺材，把侉奶奶埋了。

侉奶奶安葬以后，榆树生意也就谈妥了。杨老板雇了人来，咯嗤咯嗤，把八棵榆树都放倒了。新锯倒的榆树，发出很浓的香味。

杨老板把八棵榆树的树皮剥了，把树干卖给了木器店。据人了解，他卖的八棵树干的钱就比他垫出和付给牛的钱还要多。他等于白得了八张榆树皮，又捞了一笔钱。

鱼

臭水河和越塘原是连着的。不知从哪年起，螺蛳坝以下淤塞了，就隔断了。风和人一年一年把干土烂草往河槽里填，河槽变成很浅了。不过旧日的河槽依然可以看得出来。两旁的柳树还能标出原来河的宽度。这还是一条河，一条没有水的干河。

干河的北岸种了菜。南岸有几户人家。这几家都是做嫁妆的，主要是做嫁妆之中的各种盆桶，脚盆、马桶、櫎子。这些盆桶是街上嫁妆店的订货，他们并不卖门市。这几家只是本钱不大，材料不多的作坊。这几家的大人、孩子，都是做盆桶的工人。他们整天在门外柳树下锯、刨。他们使用的刨子很特别。木匠使刨子是往前推，桶匠使刨子是往后拉。因为盆桶是圆的，这么使才方便。这种刨子叫做刮刨。盆桶成型后，要用砂纸打一遍，然后上漆。上漆之前，先要用猪血打一道底子。刷了猪血，得晾干。因此老远地就看见干河南岸，绿柳荫中排列着好些通红的盆盆桶桶，看起来很热闹，画出了这几家作坊的一种忙碌的兴旺气象。

桶匠有本钱，有手艺，在越塘一带，比起那些完全靠力气吃饭的挑夫、轿夫要富足一些。和杀猪的庞家就不能相比了。

从侉奶奶家旁边向南伸出的后街到往螺蛳坝方向，拐了一个直角。庞家就在这拐角处，门朝南，正对越塘。他家的地势很高，从街面到屋基，要上七八层台阶。房屋在这一片算是最高大的。房屋盖起的时间不久，砖瓦木料都还很新。檩粗板厚，瓦密砖齐。两边各有两间卧房，正中是一个很宽敞的穿堂。坐在穿堂里，可以清清楚楚看到越塘边和淤塞的旧河交接处的一条从南到北的土路，看到越塘的水，和越塘对岸的一切，眼界很开阔。这前面的新房子是住人的。养猪的猪圈，烧水、杀猪的场屋都在后面。

庞家兄弟三个，各有分工。老大经营擘划，总管一切。老二专管各处收买生猪。他们家不买现成的肥猪，都是买半大猪回来自养。老二带一个伙计，一趟能赶二三十头猪回来。因为杀的猪多，他经常要外出。杀猪是老三的事——当然要有两个下手伙计。每天五更头，东方才现一点鱼肚白，这一带人家就听到猪尖声嚎叫，知道庞家杀猪了。猪杀得了，放了血，在杀猪盆里用开水烫透，吹气，刮毛。杀猪盆是一种特制的长圆形的木盆，盆帮很高。二百来斤的猪躺在里面，富富有余。杀几头猪，没有一定，按时令不同。少则两头，多则三头四头，到年下人家腌肉时就杀得更多了。因此庞家有四个极大的木盆，几个伙计同时动手洗刮。

这地方不兴叫屠户，也不叫杀猪的，大概嫌这种叫法不好听，大都叫“开肉案子的”。“开”肉案子，就是掌柜老板一流，显得身份高了。庞家肉案子生意很好，因为一条东大街上只有这一家肉案子。早起人进人出，剁刀响，铜钱响，票子响。不到晌午，几片猪就卖得差不多了。这里人一天吃的肉都是上午一次买齐，很少下午来割肉的。庞家肉案到午饭后，只留一两块后臀硬肋等待某些家临时来了客人的主顾，留一个人照顾着。一天的生意已经做完，店堂闲下来了。

店堂闲下来了。别的肉案子，闲着就闲着吧。庞家的人可真会想法子。他们在肉案子的对面，设了一道拦柜，卖茶叶。茶叶和猪肉是两码事，怎么能卖到一起去呢？——可是，又为什么一定不能卖到一起去呢？东大街没有一家茶叶店，要买茶叶就得走一趟北市口。有了这样一个卖茶叶的地方，省走好多路。卖茶叶，有一个人盯着就行了。有时叫一个小伙计来支应。有时老大或老三来看一会。有时，庞家的三妯娌之一，也来店堂里坐着，包包茶叶，收收钱。这半间店堂的茶叶店生意很好。

庞家三弟兄一个是一个。老大稳重，老二干练，老三是个文武全才。他们长得比别人高出一头。老三尤其肥白高大。他下午没事，常在越塘高空场上练石担子、石锁。他还会写字，写刘石庵体的行书。这里店铺都兴装着花槅子。槅子留出一方空白，可以贴字画。别家都是请人写画的。庞家肉案子是庞老三自己写的字。他大概很崇拜赵子龙。别人家槅心里写的是“春眠不觉晓，处处闻啼鸟”“夫天地者万物之逆旅，光阴者百代之过客”之类，他写的都是《三国演义》里赞赵子龙的诗。

庞家这三个妯娌：一个赛似一个的漂亮，一个赛似一个的能干。她们都非常勤快。天不亮就起来，烧水，煮猪食，喂猪。白天就坐在穿堂里做针线。都是光梳头，净洗脸，穿得整整齐齐，头上戴着金簪子，手上戴着麻花银镯。人们走到庞家门前，就觉得眼前一亮。

到粥厂放粥，她们就一人拎一个橦子去打粥。

这不免会引起人们议论：“戴着金簪子去打粥！——侉奶奶打

粥，你庞家也打粥？！”大家都知道，她们打了粥来是不吃的——喂猪！因此，越塘、螺蛳坝一带人对庞家虽很羡慕并不亲近。都觉得庞家的人太精了。庞家的人缘不算好。别人也知道，庞家人从心里看不起别人，尤其是这三个女的。

越塘边发生了从未见过的奇事。

这一年雨水特别大，臭水河的水平了岸，水都漫到后街街面上来了。地方上的居民铺户共同商议，决定挖开螺蛳坝，在淤塞的旧河槽挖一道沟，把臭水河的水引到越塘河里去。这道沟只两尺宽。臭水河的水位比越塘高得多。水在沟里流得像一枝箭。

流着，流着，一个在岸边做桶的孩子忽然惊叫起来：

“鱼！”

一条长有尺半的大鲤鱼叭的一声蹦到岸上来了。接着，一条，一条，又一条，鲤鱼！鲤鱼！鲤鱼！

不知从哪里来的那么多的鲤鱼。它们戗着急水往上窜，不断地蹦到岸上。桶店家的男人、女人、大人、小孩，都奔到沟边来捉鱼。有人搬了脚盆放在沟边，等鲤鱼往里跳。大家约定，每家的盆，放在自己家门口，鱼跳进谁家的盆算谁的。

他们正在商议，庞家的几个人搬了四个大杀猪盆，在水沟流入越塘入口处挨排放好了。人们小声嘟囔：“真是手尖眼快啊！”但也没有办法。不是说谁家的盆放在谁家门口么？庞家的盆是放在庞家的门口（当然他家门口到河槽还有一个距离），庞家杀猪盆又大，放的地方又好，鱼直往里跳。人们不满意，但是好在家家的盆里都不断跳进鱼来，人们不断地欢呼，狂叫，简直好像做着一个欢喜而又荒唐的梦，高兴压过了不平。

这两天，桶匠家家家吃鱼，喝酒。这一辈子没有这样痛快地吃过鱼。一面开怀地嚼着鱼肉，一面还觉得天地间竟有这等怪事：鱼往盆里跳，实在不可思议。

两天后，臭水河的积水流泄得差不多了，螺蛳坝重新堵上，沟里没有水了，也没有鱼了，岸上到处是鱼鳞。

庞家桶里的鱼最多。但是庞家这两天没有吃鱼。他家吃的是鱼籽、鱼脏。鱼呢？这妯娌三个都把来用盐揉了，肚皮里撑一根芦柴棍，一条一条挂在门口的檐下晾着，挂了一溜。

把鱼已经通通吃光了的桶匠走到庞家门前，一个对一个说：“真是鱼有眼睛，谁家兴旺，它就往谁家盆里跳啊！”

正在穿堂里做针线的妯娌三个都听见了。三嫂子抬头看了二嫂子一眼，二嫂子看了大嫂子一眼，大嫂子又向两个弟媳妇都看了一眼。她们低下头来继续做针线。她们的嘴角都挂着一种说不清的表情。是对自己的得意？是对别人的鄙夷？

受戒

明海出家已经四年了。

他是十三岁来的。

这个地方的地名有点怪，叫庵赵庄。赵，是因为庄上大都姓赵。叫做庄，可是人家住得很分散，这里两三家，那里两三家。一出门，远远可以看到，走起来得走一会，因为没有大路，都是弯弯曲曲的田埂。庵，是因为有一个庵。庵叫菩提庵，可是大家叫讹了，叫成荸荠庵。连庵里的和尚也这样叫。“宝刹何处？”——“荸荠庵。”庵本来是住尼姑的。“和尚庙”“尼姑庵”嘛。可是荸荠庵住的是和尚。也许因为荸荠庵不大，大者为庙，小者为庵。

明海在家叫小明子。他是从小就确定要出家的。他的家乡不叫“出家”，叫“当和尚”。他的家乡出和尚。就像有的地方出劁猪的，有的地方出织席子的，有的地方出箍桶的，有的地方出弹棉花的，有的地方出画匠，有的地方出婊子，他的家乡出和尚。人家弟兄多，就派一个出去当和尚。当和尚也要通过关系，也有帮。这地方的和尚有的走得很远。有到杭州灵隐寺的、上海静安寺的、镇江金山寺的、扬州天宁寺的。一般的就在本县的寺庙。明海家田少，老大、老二、老三，就足够种的了。他是老四。他七岁那年，他当和尚的舅舅回家，他爹、他娘就和舅舅商议，决定叫他当和尚。他当时在旁边，觉得这实在是在情在理，没有理由反对。当和尚有很多好处。一是可以吃现成饭。哪个庙里都是管饭的。二是可以攒钱。只要学会了放瑜伽焰口，拜梁皇忏，可以按例分到辛苦钱。积攒起来，将来还俗娶亲也可以；不想还俗，买几亩田也可以。当和尚也不容易，一要面如朗月，二要声如钟磬，三要聪明记性好。他舅舅给他相了相面，叫他前走几步，后走几步，又叫他喊了一声赶牛打场的号子："格当嘚——"说是："明子准能当个好和尚，我包了！"要当和尚，得下点本——念几年书。哪有不认字的和尚呢！于是明子就开蒙入学，读了《三字经》《百家姓》《四言杂字》《幼学琼林》"上论下论""上孟下孟"，每天还写一张仿。村里都夸他字写得好，很黑。

舅舅按照约定的日期又回了家，带了一件他自己穿的和尚领的短衫，叫明子娘改小一点，给明子穿上。明子穿了这件和尚短衫，下身还是在家穿的紫花裤子，赤脚穿了一双新布鞋，跟他爹、他娘磕了一个头，就随舅舅走了。

他上学时起了个学名，叫明海。舅舅说，不用改了。于是"明海"就从学名变成了法名。

过了一个湖。好大一个湖！穿过一个县城。县城真热闹：官盐店，税务局，肉铺里挂着成边的猪，一个驴子在磨芝麻，满街都是小磨香油的香味，布店，卖茉莉粉、梳头油的什么斋，卖绒花的，卖丝线的，打把式卖膏药的，吹糖人的，耍蛇的……他什么都想看看。舅舅一劲地推他："快走！快走！"

到了一个河边，有一只船在等着他们。船上有一个五十来岁的瘦长瘦长的大伯，船头蹲着一个跟明子差不多大的女孩子，在剥一个莲蓬吃。明子和舅舅坐到舱里，船就开了。明子听见有人跟他说话，是那个女孩子。

“是你要到荸荠庵当和尚吗?

明子点点头。

“当和尚要烧戒疤呕！你不怕？”

明子不知道怎么回答，就含含糊糊地摇了摇头。

“你叫什么？”

“明海。”

“在家的时候？”

“叫明子。”

“明子！我叫小英子！我们是邻居。我家挨着荸荠庵。——给你！”

小英子把吃剩的半个莲蓬扔给明海，小明子就剥开莲蓬壳，一颗一颗吃起来。

大伯一桨一桨地划着，只听见船桨拨水的声音:

“哗——许！哗——许！”

……

荸荠庵的地势很好，在一片高地上。这一带就数这片地势高，当初建庵的人很会选地方。门前是一条河。门外是一片很大的打谷场。三面都是高大的柳树。山门里是一个穿堂。迎门供着弥勒佛。不知是哪一位名士撰写了一副对联:

大肚能容容天下难容之事

开颜一笑笑世间可笑之人

弥勒佛背后，是韦驮。过穿堂，是一个不小的天井，种着两棵白果树。天井两边各有三间厢房。走过天井，便是大殿，供着三世佛。佛像连龛才四尺来高。大殿东边是方丈，西边是库房。大殿东侧，有一个小小的六角门，白门绿字，刻着一副对联：

一花一世界

三藐三菩提

进门有一个狭长的天井，几块假山石，几盆花，有三间小房。

小和尚的日子清闲得很。一早起来，开山门，扫地。庵里的地铺的都是箩底方砖，好扫得很。给弥勒佛、韦驮烧一炷香，正殿的三世佛面前也烧一炷香、磕三个头、念三声“南无阿弥陀佛”，敲三声磬。这庵里的和尚不兴做什么早课、晚课，明子这三声磬就全都代替了。然后，挑水，喂猪。然后，等当家和尚，即明子的舅舅起来，教他念经。

教念经也跟教书一样，师父面前一本经，徒弟面前一本经，师父唱一句，徒弟跟着唱一句。是唱哎。舅舅一边唱，一边还用手在桌上拍板。一板一眼，拍得很响，就跟教唱戏一样。是跟教唱戏一样，完全一样哎。连用的名词都一样。舅舅说，念经：一要板眼准，二要合工尺。说：当一个好和尚，得有条好嗓子。说：民国二十年闹大水，运河倒了堤，最后在清水潭合龙，因为大水淹死的人很多，放了一台大焰口，十三大师——十三个正座和尚，各大庙的方丈都来了，下面的和尚上百。谁当这个首座？推来推去，还是石桥——善因寺的方丈！他往上一坐，就跟地藏王菩萨一样，这就不用说了；那一声“开香赞”，围看的上千人立时鸦雀无声。说：嗓子要练，夏练三伏，冬练三九，要练丹田气！说：要吃得苦中苦，方为人上人！说：和尚里也有状元、榜眼、探花！要用心，不要贪玩！舅舅这一番大法要说得明海和尚实在是五体投地，于是就一板一眼地跟着舅舅唱起来：

“炉香乍爇——”

“炉香乍爇——”

“法界蒙薰——”

“法界蒙薰——”

“诸佛现金身……”

“诸佛现金身……”

……

等明海学完了早经——他晚上临睡前还要学一段，叫做晚经——荸荠庵的师父们就都陆续起床了。

这庵里人口简单，一共六个人。连明海在内，五个和尚。

有一个老和尚，六十几了，是舅舅的师叔，法名普照，但是知道的人很少，因为很少人叫他法名，都称之为老和尚或老师父，明海叫他师爷爷。这是个很枯寂的人，一天关在房里，就是那“一花一世界”里。也看不见他念佛，只是那么一声不响地坐着。他是吃斋的，过年时除外。

下面就是师兄弟三个，仁字排行：仁山、仁海、仁渡。庵里庵外，有的称他们为大师父、二师父；有的称之为山师父、海师父。只有仁渡，没有叫他“渡师父”的，因为听起来不像话，大都直呼之为仁渡。他也只配如此，因为他还年轻，才二十多岁。

仁山，即明子的舅舅，是当家的。不叫“方丈”，也不叫“住持”，却叫“当家的”，是很有道理的，因为他确确实实干的是当家的职务。他屋里摆的是一张账桌，桌子上放的是账簿和算盘。账簿共有三本。一本是经账，一本是租账，一本是债账。和尚要做法事，做法事要收钱——要不，当和尚干什么？常做的法事是放焰口。正规的焰口是十个人。一个正座，一个敲鼓的，两边一边四个。人少了，八个，一边三个，也凑合了。荸荠庵只有四个和尚，要放整焰口就得和别的庙里合伙。这样的时候也有过，通常只是放半台焰口。一个正座，一个敲鼓，另外一边一个。一来找别的庙里合伙费事；二来这一带放得起整焰口的人家也不多。有的时候，谁家死了人，就只请两个，甚至一个和尚咕噜咕噜念一通经，敲打几声法器就算完事。很多人家的经钱不是当时就给，往往要等秋后才还。这就得记账。另外，和尚放焰口的辛苦钱不是一样的。就像唱戏一样，有份子。正座第一份。因为他要领唱，而且还要独唱。当中有一大段“叹骷髅”，别的和尚都放下法器休息，只有首座一个人有板有眼地曼声吟唱。第二份是敲鼓的。你以为这容易呀？哼，单是一开头的“发擂”，手上没功夫就敲不出迟疾顿挫！其余的，就一样了。这也得记上：某月某日、谁家焰口半台，谁正座，谁敲鼓……省得到年底结账时赌咒骂娘。……这庵里有几十亩庙产，租给人种，到时候要收租。庵里还放债。租、债一向倒很少亏欠，因为租佃借钱的人怕菩萨不高兴。这三本账就够仁山忙的了。另外香烛灯火、油盐“福食”，这也得随时记记账呀。除了账簿之外，山师父的方丈的墙上还挂着一块水牌，上漆四个红字："勤笔免思"。

仁山所说当一个好和尚的三个条件，他自己其实一条也不具备。他的相貌只要用两个字就说清楚了：黄，胖。声音也不像钟磬，倒像母猪。聪明么？难说，打牌老输。他在庵里从不穿袈裟，连海青直裰也免了。经常是披着件短僧衣，袒露着一个黄色的肚子。下面是光脚趿拉着一对僧鞋——新鞋他也是趿拉着。他一天就是这样不衫不履地这里走走，那里走走，发出母猪一样的声音："呣——呣——"。

二师父仁海。他是有老婆的。他老婆每年夏秋之间来住几个月，因为庵里凉快。庵里有六个人，其中之一，就是这位和尚的家眷。仁山、仁渡叫她嫂子，明海叫她师娘。这两口子都很爱干净，整天地洗涮。傍晚的时候，坐在天井里乘凉。白天，闷在屋里不出来。

三师父是个很聪明精干的人。有时一笔账大师兄扒了半天算盘也算不清，他眼珠子转两转，早算得一清二楚。他打牌赢的时候多，二三十张牌落地，上下家手里有些什么牌，他就差不多都知道了。他打牌时，总有人爱在他后面看歪头胡。谁家约他打牌，就说"想送两个钱给你"。他不但经忏俱通（小庙的和尚能够拜忏的不多），而且身怀绝技，会"飞铙"。七月间有些地方做盂兰会，在旷地上放大焰口，几十个和尚，穿绣花袈裟，飞铙。飞铙就是把十多斤重的大铙钹飞起来。到了一定的时候，全部法器皆停，只几十副大铙紧张急促地敲起来。忽然起手，大铙向半空中飞去，一面飞，一面旋转。然后，又落下来，接住。接住不是平平常常地接住，有各种架势，"犀牛望月""苏秦背剑"……这哪是念经，这是耍杂技。也许是地藏王菩萨爱看这个，但真正因此快乐起来的是人，尤其是妇女和孩子。这是年轻漂亮的和尚出风头的机会。一场大焰口过后，也像一个好戏班子过后一样，会有一个两个大姑娘、小媳妇失踪——跟和尚跑了。他还会放“花焰口”。有的人家，亲戚中多风流子弟，在不是很哀伤的佛事——如做冥寿时，就会提出放花焰口。所谓“花焰口”就是在正焰口之后，叫和尚唱小调，拉丝弦，吹管笛，敲鼓板，而且可以点唱。仁渡一个人可以唱一夜不重头。仁渡前几年一直在外面，近二年才常住在庵里。据说他有相好的，而且不止一个。他平常可是很规矩，看到姑娘媳妇总是老老实实的，连一句玩笑话都不说，一句小调山歌都不唱。有一回，在打谷场上乘凉的时候，一伙人把他围起来，非叫他唱两个不可。他却情不过，说：“好，唱一个。不唱家乡的。家乡的你们都熟，唱个安徽的。”

姐和小郎打大麦，
一转子讲得听不得。
听不得就听不得，
打完了大麦打小麦。

唱完了，大家还嫌不够，他就又唱了一个：

姐儿生得漂漂的，
两个奶子翘翘的。
有心上去摸一把，
心里有点跳跳的。

……

这个庵里无所谓清规，连这两个字也没人提起。

仁山吃水烟，连出门做法事也带着他的水烟袋。

他们经常打牌。这是个打牌的好地方。把大殿上吃饭的方桌往门口一搭，斜放着，就是牌桌。桌子一放好，仁山就从他的方丈里把筹码拿出来，哗啦一声倒在桌上。斗纸牌的时候多，搓麻将的时候少。牌客除了师兄弟三人，常来的是一个收鸭毛的，一个打兔子兼偷鸡的，都是正经人。收鸭毛的担一副竹筐，串乡串镇，拉长了沙哑的声音喊叫：

"鸭毛卖钱——！"

偷鸡的有一件家什——铜蜻蜓。看准了一只老母鸡，把铜蜻蜓一丢，鸡婆子上去就是一口。这一啄，铜蜻蜓的硬簧绷开，鸡嘴撑住了，叫不出来了。正在这鸡十分纳闷的时候，上去一把薅住。

明子曾经跟这位正经人要过铜蜻蜓看看。他拿到小英子家门前试了一试，果然！小英子的娘知道了，骂明子：

"要死了！儿子！你怎么到我家来玩铜蜻蜓了！"

小英子跑过来：

"给我！给我！"

她也试了试，真灵，一个黑母鸡一下子就把嘴撑住，傻了眼了！

下雨阴天，这二位就光临荸荠庵，消磨一天。

有时没有外客，就把老师叔也拉出来，打牌的结局，大都是当家和尚气得鼓鼓的："×妈妈的！又输了！下回不来了！"

他们吃肉不瞒人。年下也杀猪。杀猪就在大殿上。一切都和在家人一样，开水、木桶、尖刀。捆猪的时候，猪也是没命地叫。跟在家人不同的，是多一道仪式，要给即将升天的猪念一道“往生咒”，并且总是老师叔念，神情很庄重：

“……一切胎生、卵生、息生，来从虚空来，还归虚空去，往生再世，皆当欢喜。南无阿弥陀佛！”

三师父仁渡一刀子下去，鲜红的猪血就带着很多沫子喷出来。

……

明子老往小英子家里跑。

小英子的家像一个小岛，三面都是河，西面有一条小路通到荸荠庵。独门独户，岛上只有这一家。岛上有六棵大桑树，夏天都结大桑葚，三棵结白的，三棵结紫的；一个菜园子，瓜豆蔬菜，四时不缺。院墙下半截是砖砌的，上半截是泥夯的。大门是桐油油过的，贴着一副万年红的春联：

向阳门第春常在

积善人家庆有余

门里是一个很宽的院子。院子里一边是牛屋、碓棚；一边是猪圈、鸡窠，还有个关鸭子的栅栏。露天地放着一具石磨。正北面是住房，也是砖基土筑，上面盖的一半是瓦，一半是草。房子翻修了才三年，木料还露着白茬。正中是堂屋，家神菩萨的画像上贴的金还没有发黑。两边是卧房。隔扇窗上各嵌了一块一尺见方的玻璃，明亮亮的——这在乡下是不多见的。房檐下一边种着一棵石榴树，一边种着一棵栀子花，都齐房檐高了。夏天开了花，一红一白，好看得很。栀子花香得冲鼻子。顺风的时候，在荸荠庵都闻得见。

这家人口不多，他家当然是姓赵。一共四口人：赵大伯、赵大妈，两个女儿，大英子、小英子。老两口没得儿子。因为这些年人不得病，牛不生灾，也没有大旱大水闹蝗虫，日子过得很兴旺。他们家自己有田，本来够吃的了，又租种了庵上的十亩田。自己的田里，一亩种了荸荠——这一半是小英子的主意，她爱吃荸荠，一亩种了茨菇。家里喂了一大群鸡鸭，单是鸡蛋鸭毛就够一年的油盐了。赵大伯是个能干人。他是一个“全把式”，不但田里场上样样精通，还会罩鱼、洗磨、凿砻、修水车、修船、砌墙、烧砖、箍桶、劈篾、绞麻绳。他不咳嗽，不腰疼，结结实实，像一棵榆树。人很和气，一天不声不响。赵大伯是一棵摇钱树，赵大娘就是个聚宝盆。大娘精神得出奇。五十岁了，两个眼睛还是清亮亮的。不论什么时候，头都是梳得滑溜溜的，身上衣服都是格挣挣的。像老头子一样，她一天不闲着。煮猪食，喂猪，腌咸菜——她腌的咸萝卜干非常好吃，舂粉子，磨小豆腐，编蓑衣，织芦篚。她还会剪花样子。这里嫁闺女，陪嫁妆，瓷坛子、锡罐子，都要用梅红纸剪出吉祥花样，贴在上面，讨个吉利，也才好看：“丹凤朝阳”呀、“白头到老”呀、“子孙万代”呀、“福寿绵长”呀。二三十里的人家都来请她：“大娘，好日子是十六，你哪天去呀？”——“十五，我一大清早就来！”

“一定呀！”——“一定！一定！”

两个女儿，长得跟她娘像一个模子里脱出来的。眼睛长得尤其像，白眼珠鸭蛋青，黑眼珠棋子黑，定神时如清水，闪动时像星星。浑身上下，头是头，脚是脚。头发滑溜溜的，衣服格挣挣的。——这里的风俗，十五六岁的姑娘就都梳上头了。这两个丫头，这一头的好头发！通红的发根，雪白的簪子！娘女三个去赶集，一集的人都朝她们望。

姐妹俩长得很像，性格不同。大姑娘很文静，话很少，像父亲。小英子比她娘还会说，一天咕咕呱呱地不停。大姐说：

“你一天到晚咕咕呱呱——”

“像个喜鹊！”

“你自己说的！——吵得人心乱！”

“心乱？”

“心乱！”

“你心乱怪我呀！”

二姑娘话里有话。大英子已经有了人家。小人她偷偷地看过，人很敦厚，也不难看，家道也殷实，她满意。已经下过小定，日子还没有定下来。她这二年，很少出房门，整天赶她的嫁妆。大裁大剪，她都会。挑花绣花，不如娘。她可又嫌娘出的样子太老了。她到城里看过新娘子，说人家现在绣的都是活花活草。这可把娘难住了。最后是喜鹊忽然一拍屁股：“我给你保举一个人！”

这人是谁？是明子。明子念“上孟下孟”的时候，不知怎么得了半套《芥子园》，他喜欢得很。到了荸荠庵，他还常翻出来看，有时还把旧账簿子翻过来，照着描。小英子说：

“他会画！画得跟活的一样！”

小英子把明海请到家里来，给他磨墨铺纸，小和尚画了几张，大英子喜欢得了不得：

“就是这样！就是这样！这就可以乱孱！”——所谓“乱孱”是绣花的一种针法：绣了第一层，第二层的针脚插进第一层的针缝，这样颜色就可由深到淡，不露痕迹，不像娘那一代绣的花是平针，深浅之间，界限分明，一道一道的。小英子就像个书童，又像个参谋：

“画一朵石榴花！”

“画一朵栀子花！”

她把花掐来，明海就照着画。

到后来，凤仙花、石竹子、水蓼、淡竹叶、天竺果子、蜡梅花，他都能画。

大娘看着也喜欢，搂住明海的和尚头：

“你真聪明！你给我当一个干儿子吧！”

小英子捺住他的肩膀，说：

“快叫！快叫！”

小明子跪在地下磕了一个头，从此就叫小英子的娘做干娘。

大英子绣的三双鞋，三十里方圆都传遍了。很多姑娘都走路坐船来看。看完了，就说：“啧啧啧，真好看！这哪是绣的，这是一朵鲜花！”她们就拿了纸来央大娘求了小和尚来画。有求画帐檐的，有求画门帘飘带的，有求画鞋头花的。每回明子来画花，小英子就给他做点好吃的，煮两个鸡蛋，蒸一碗芋头，煎几个藕团子。

因为照顾姐姐赶嫁妆，田里的零碎生活小英子就全包了。她的帮手，是明子。

这地方的忙活是栽秧、车高田水、薅头遍草，再就是割稻子、打场子。这几荐重活，自己一家是忙不过来的。这地方兴换工。排好了日期，几家顾一家，轮流转。不收工钱，但是吃好的。一天吃六顿，两头见肉，顿顿有酒。干活时，敲着锣鼓，唱着歌，热闹得很。其余的时候，各顾各，不显得紧张。

薅三遍草的时候，秧已经很高了，低下头看不见人。一听见非常脆亮的嗓子在一片浓绿里唱：

栀子哎开花哎六瓣头哎……

姐家哎门前哎一道桥哎……

明海就知道小英子在哪里，三步两步就赶到，赶到就低头薅起草来，傍晚牵牛“打汪”，是明子的事。——水牛怕蚊子。这里的习惯，牛卸了轭，饮了水，就牵到一口和好泥水的“汪”里，由它自己打滚扑腾，弄得全身都是泥浆，这样蚊子就咬不通了。低田上水，只要一挂十四轧的水车，两个人车半天就够了。明子和小英子就伏在车杠上，不紧不慢地踩着车轴上的拐子，轻轻地唱着明海向三师父学来的各处山歌。打场的时候，明子能替赵大伯一会，让他回家吃饭。——赵家自己没有场，每年都在荸荠庵外面的场上打谷子。他一扬鞭子，喊起了打场号子：

“格当嘚——”

这打场号子有音无字，可是九转十三弯，比什么山歌号子都好听。赵大娘在家，听见明子的号子，就侧起耳朵：

“这孩子这条嗓子！”

连大英子也停下针线：

“真好听！”

小英子非常骄傲地说：

“一十三省数第一！”

晚上，他们一起看场。——荸荠庵收来的租稻也晒在场上。他们并肩坐在一个石磙子上，听青蛙打鼓，听寒蛇唱歌——这个地方以为蝼蛄叫是蚯蚓叫，而且叫蚯蚓叫“寒蛇”，听纺纱婆子不停地纺纱，“唦——”，看萤火虫飞来飞去，看天上的流星。

“呀！我忘了在裤带上打一个结！”小英子说。

这里的人相信，在流星掉下来的时候在裤带上打一个结，心里想什么好事，就能如愿。

……

“㧟”荸荠，这是小英子最爱干的生活。秋天过去了，地净场光，荸荠的叶子枯了——荸荠的笔直的小葱一样的圆叶子里是一格一格的，用手一捋，哔哔地响，小英子最爱捋着玩——荸荠藏在烂泥里。赤了脚，在凉浸浸滑滑溜的泥里踩着——哎，一个硬疙瘩！伸手下去，一个红紫红紫的荸荠。她自己爱干这生活，还拉了明子一起去。她老是故意用自己的光脚去踩明子的脚。

她挎着一篮子荸荠回去了，在柔软的田埂上留了一串脚印。明海看着她的脚印，傻了。五个小小的趾头，脚掌平平的，脚跟细细的，脚弓部分缺了一块。明海身上有一种从来没有过的感觉，他觉得心里痒痒的。这一串美丽的脚印把小和尚的心搞乱了。

……

明子常搭赵家的船进城，给庵里买香烛，买油盐。闲时是赵大伯划船；忙时是小英子去，划船的是明子。

从庵赵庄到县城，当中要经过一片很大的芦花荡子。芦苇长得密密的，当中一条水路，四边不见人。划到这里，明子总是无端端地觉得心里很紧张，他就使劲地划桨。

小英子喊起来：

“明子！明子！你怎么啦？你发疯啦？为什么划得这么快？”

……

明海到善因寺去受戒。

“你真的要去烧戒疤呀？”

“真的。”

“好好的头皮上烧十二个洞，那不疼死啦？”

“咬咬牙。舅舅说这是当和尚的一大关，总要过的。”

“不受戒不行吗？”

“不受戒的是野和尚。”

“受了戒有啥好处？”

“受了戒就可以到处云游，逢寺挂褡。”

“什么叫‘挂褡’？”

“就是在庙里住。有斋就吃。”

“不把钱？”

“不把钱。有法事，还得先尽外来的师父。”

“怪不得都说‘远来的和尚会念经’。就凭头上这几个戒疤？”

“还要有一份戒牒。”

“闹半天，受戒就是领一张和尚的合格文凭呀！”

“就是！”

“我划船送你去。”

“好。”

小英子早早就把船划到荸荠庵门前。不知是什么道理，她兴奋得很。她充满了好奇心，想去看看善因寺这座大庙，看看受戒是个啥样子。

善因寺是全县第一大庙，在东门外，面临一条水很深的护城河，三面都是大树，寺在树林子里，远处只能隐隐约约看到一点金碧辉煌的屋顶，不知道有多大。树上到处挂着“谨防恶犬”的牌子。这寺里的狗出名的厉害。平常不大有人进去。放戒期间，任人游看，恶狗都锁起来了。

好大一座庙！庙门的门坎比小英子的胯膝都高。迎门矗着两块大牌，一边一块，一块写着斗大两个大字：“放戒”，一块是：“禁止喧哗”。这庙里果然是气象庄严，到了这里谁也不敢大声咳嗽。明海自去报名办事，小英子就到处看看。好家伙，这哼哈二将、四大天王，有三丈多高，都是簇新的，才装修了不久。天井有二亩地大，铺着青石，种着苍松翠柏。“大雄宝殿”，这才真是个“大殿”！一进去，凉嗖嗖的。到处都是金光耀眼。释迦牟尼佛坐在一个莲花座上。单是莲座，就比小英子还高。抬起头来也看不全他的脸，只看到一个微微闭着的嘴唇和胖敦敦的下巴。两边的两根大红蜡烛，一搂多粗。佛像前的大供桌上供着鲜花、绒花、绢花，还有珊瑚树、玉如意、整根的大象牙。香炉里烧着檀香。小英子出了庙，闻着自己的衣服都是香的。挂了好些幡。这些幡不知是什么缎子的，那么厚重，绣的花真细。这么大一口磬，里头能装五担水！这么大一个木鱼，有一头牛大，漆得通红的。她又去转了转罗汉堂，爬到千佛楼上看了看。真有一千个小佛！她还跟着一些人去看了看藏经楼。藏经楼没有什么看头，都是经书！妈吔！逛了这么一圈，腿都酸了。小英子想起还要给家里打油，替姐姐配丝线，给娘买鞋面布，给自己买两个坠围裙飘带的银蝴蝶，给爹买旱烟，就出庙了。

等把事情办齐，晌午了。她又到庙里看了看，和尚正在吃粥。好大一个“膳堂”，坐得下八百个和尚。吃粥也有这样多讲究：正面法座上摆着两个锡胆瓶，里面插着红绒花，后面盘膝坐着一个穿了大红满金绣袈裟的和尚，手里拿了戒尺。这戒尺是要打人的。哪个和尚吃粥吃出了声音，他下来就是一戒尺。不过他并不真的打人，只是做个样子。真稀奇，那么多的和尚吃粥，竟然不出一点声音！他看见明子也坐在里面，想跟他打个招呼又不好打。想了想，管他禁止不禁止喧哗，就大声喊了一句：“我走啦！”她看见明子目不斜视地微微点了点头，就不管很多人都朝自己看，大摇大摆地走了。

第四天一大清早小英子就去看明子。她知道明子受戒是第三天半夜——烧戒疤是不许人看的。她知道要请老剃头师傅剃头，要剃得横摸顺摸都摸不出头发茬子，要不然一烧，就会“走”了戒，烧成了一片。她知道是用枣泥子先点在头皮上，然后用香头子点着。她知道烧了戒疤就喝一碗蘑菇汤，让它“发”，还不能躺下，要不停地走动，叫做“散戒”。这些都是明子告诉她的。明子是听舅舅说的。

她一看，和尚真在那里“散戒”，在城墙根底下的荒地里。一个一个，穿了新海青，光光的头皮上都有十二个黑点子。——这黑疤掉了，才会露出白白的、圆圆的“戒疤”。和尚都笑嘻嘻的，好像很高兴。她一眼就看见了明子。隔着一条护城河，就喊他：

“明子！”

“小英子！”

“你受了戒啦？”

“受了。”

“疼吗？”

“疼。”

“现在还疼吗？”

“现在疼过去了。”

“你哪天回去？”

“后天。”

“上午？下午？”

“下午。”

“我来接你！”

“好！”

……

小英子把明海接上船。

小英子这天穿了一件细白夏布上衣，下边是黑洋纱的裤子，赤脚穿了一双龙须草的细草鞋，头上一边插着一朵栀子花，一边插着一朵石榴花。她看见明子穿了新海青，里面露出短褂子的白领子，就说：“把你那外面的一件脱了，你不热呀！”

他们一人一把桨。小英子在中舱，明子扳艄，在船尾。

她一路问了明子很多话，好像一年没有看见了。

她问，烧戒疤的时候，有人哭吗？喊吗？

明子说，没有人哭，只是不住地念佛。有个山东和尚骂人：

“俺日你奶奶！俺不烧了！”

她问善因寺的方丈石桥是相貌和声音都很出众吗？

“是的。”

“说他的方丈比小姐的绣房还讲究？”

“讲究。什么东西都是绣花的。”

“他屋里很香？”

“很香。他烧的是伽楠香，贵得很。”

“听说他会做诗，会画画，会写字？”

“会。庙里走廊两头的砖额上，都刻着他写的大字。”

“他是有个小老婆吗？”

“有一个。”

“才十九岁？”

“听说。”

“好看吗？”

“都说好看。”

“你没看见？”

“我怎么会看见？我关在庙里。”

明子告诉她，善因寺一个老和尚告诉他，寺里有意选他当沙弥尾，不过还没有定，要等主事的和尚商议。

“什么叫‘沙弥尾’？”

“放一堂戒，要选出一个沙弥头，一个沙弥尾。沙弥头要老成，要会念很多经。沙弥尾要年轻，聪明，相貌好。”

“当了沙弥尾跟别的和尚有什么不同？”

“沙弥头，沙弥尾，将来都能当方丈。现在的方丈退居了，就当。石桥原来就是沙弥尾。”

“你当沙弥尾吗？”

“还不一定哪。”

“你当方丈，管善因寺？管这么大一个庙？！”

“还早呐！”

划了一气，小英子说：“你不要当方丈！”

“好，不当。”

“你也不要当沙弥尾！”

“好，不当。”

又划了一气，看见那一片芦花荡子了。

小英子忽然把桨放下，走到船尾，趴在明子的耳朵旁边，小声地说：

“我给你当老婆，你要不要？”

明子眼睛鼓得大大的。

“你说话呀！”

明子说：“嗯。”

“什么叫‘嗯’呀！要不要，要不要？”

明子大声地说：“要！”

“你喊什么！”

明子小小声说：“要——！”

“快点划！”

英子跳到中舱，两只桨飞快地划起来，划进了芦花荡。芦花才吐新穗。紫灰色的芦穗，发着银光，软软的，滑溜溜的，像一串丝线。有的地方结了蒲棒，通红的，像一支一支小蜡烛。青浮萍，紫浮萍。长脚蚊子，水蜘蛛。野菱角开着四瓣的小白花。惊起一只青桩（一种水鸟），擦着芦穗，扑鲁鲁鲁飞远了。

……

大淖记事

一

这地方的地名很奇怪，叫做大淖。全县没有几个人认得这个淖字。

县境之内，也再没有别的叫做什么淖的地方。据说这是蒙古话。那么这地名大概是元朝留下的。元朝以前这地方有没有，叫做什么，就无从查考了。

淖，是一片大水。说是湖泊，似还不够，比一个池塘可要大得多，春夏水盛时，是颇为浩淼的。这是两条水道的河源。淖中央有一条狭长的沙洲。沙洲上长满茅草和芦荻。春初水暖，沙洲上冒出很多紫红色的芦芽和灰绿色的蒌蒿[①]，很快就是一片翠绿了。夏天，茅草、芦荻都吐出雪白的丝穗，在微风中不住地点头。秋天，全都枯黄了，就被人割去，加到自己的屋顶上去了。冬天，下雪，这里总比别处先白。化雪的时候，也比别处化得慢。河水解冻了，发绿了，沙洲上的残雪还亮晶晶地堆积着。这条沙洲是两条河水的分界处。从淖里坐船沿沙洲西面北行，可以看到高

①蒌蒿是生于水边的野草，粗如笔管，有节，生狭长的小叶，初生二寸来高，叫做“蒌蒿薹子”，加肉炒食极清香。苏东坡诗：“竹外桃花三两枝，春江水暖鸭先知。蒌蒿满地芦芽短，正是河豚欲上时。”蒌蒿见之于诗，这大概是第一次。他很能写出节令风物之美。

阜上的几家炕房。绿柳丛中，露出雪白的粉墙，黑漆大书四个字：“鸡鸭炕房”，非常显眼。炕房门外，照例都有一块小小土坪，有几个人坐在树桩上负曝闲谈。不时有人从门里挑出一副很大的扁圆的竹笼，笼口络着绳网，里面是松花黄色的，毛茸茸，挨挨挤挤，啾啾乱叫的小鸡小鸭。由沙洲往东，要经过一座浆坊。浆是浆衣服用的。这里的人，衣服被里洗过后，都要浆一浆。浆过的衣服，穿在身上沙沙作响。浆是芡实水磨，加一点明矾，澄去水分，晒干而成。这东西是不值什么钱的。一大盆衣被，只要到杂货店花两三个铜板，买一小块，用热水冲开，就足够用了。但是全县浆粉都由这家供应（这东西是家家用得着的），所以规模也不算小。浆坊有四五个师傅忙碌着。喂着两头毛驴，轮流上磨。浆坊门外，有一片平场，太阳好的时候，每天晒着浆块，白得叫人眼睛都睁不开。炕房、浆坊附近还有几家买卖荸荠、茨菇、菱角、鲜藕的鲜货行，集散鱼蟹的鱼行和收购青草的草行。过了炕房和浆坊，就都是田畴麦垅，牛棚水车，人家的墙上贴着黑黄色的牛屎粑粑——牛粪和水，拍成饼状，直径半尺，整齐地贴在墙上晾干，做燃料，已经完全是农村的景色了。由大淖北去，可至北乡各村。东去可至一沟、二沟、三垛，直达邻县兴化。

大淖的南岸，有一座漆成绿色的木板房，房顶、地面，都是木板的。这原是一个轮船公司。靠外手是候船的休息室。往里去，临水，就是码头。原来曾有一只小轮船，往来本城的兴化，隔日一班，单日开走，双日返回。小轮船漆得花花绿绿的，飘着万国旗，机器突突地响，烟筒冒着黑烟，装货、卸货，上客、下客，也有卖牛肉，高粱酒、花生瓜子、芝麻灌香糖的小贩，吆吆喝喝，是热闹过一阵的。后来因为公司赔了本，股东无意继续经营，就卖船停业了。这间木板房子倒没有拆去。现在里面空荡荡、冷清清，只有附近的野孩子到候船室来唱戏玩，棍棍棒棒，乱打一气；或到码头上比赛撒尿。七八个小家伙，齐齐地站成一排，把一泡泡骚尿哗哗地撒到水里，看谁尿得最远。

大淖指的是这片水，也指水边的陆地。这里是城区和乡下的交界处。从轮船公司往南，穿过一条深巷，就是北门外东大街了。坐在大淖的水边，可以听到远远的一阵一阵朦朦胧胧的市声，但是这里的一切和街里不一样。这里没有一家店铺。这里的颜色、声音、气味和街里不一样。这里的人也不一样。他们的生活，他们的风俗，他们的是非标准、伦理道德观念和街里的穿长衣念过“子曰”的人完全不同。

二

由轮船公司往东往西，各距一箭之遥，有两丛住户人家。这两丛人家，也是互不相同的，各是各乡风。

西边是几排错错落落的低矮的瓦屋。这里住的是做小生意的。他们大都不是本地人，是从里下河一带，兴化、泰州、东台等处来的客户。卖紫萝卜的（紫萝卜是比荸荠略大的扁圆形的萝卜，外皮染成深蓝紫色，极甜脆），卖风菱的（风菱是很大的两角的菱角，壳极硬），卖山里红的，卖熟藕（藕孔里塞了糯米煮熟）的。还有一个从宝应来的卖眼镜的，一个从杭州来的卖天竺筷的。他们像一些候鸟，来去都有定时。来时，向相熟的人家租一间半间屋子，住上一阵，有的住得长一些，有的短一些，到生意做完，就走了。他们都是日出而作，日入而息。吃罢早饭，各自背着、扛着、挎着、举着自己的货色，用不同的乡音，不同的腔调，吟唱吆唤着上街了。到太阳落山，又都像鸟似的回到自己的窝里。于是从这些低矮的屋檐下就都飘出带点甜味而又呛人的炊烟（所烧的柴草都是半干不湿的）。他们做的都是小本生意，赚钱不大。因为是在客边，对人很和气，凡事忍让，所以这一带平常总是安安静静的，很少有吵嘴打架的事情发生。

这里还住着二十来个锡匠，都是兴化帮。这地方兴用锡器，家家都有几件锡制的家伙。香炉、蜡台、痰盂、茶叶罐、水壶、茶壶、酒壶，甚至尿壶，都是锡的。嫁闺女时都要陪送一套锡器。最少也要有两个能容四五升米的大锡罐，摆在柜顶上，否则就不成其为嫁妆。出阁的闺女生了孩子，娘家要送两大罐糯米粥（另外还要有两只老母鸡，一百鸡蛋），装粥用的就是娘柜顶上的这两个锡罐。因此，二十来个锡匠并不显多。

锡匠的手艺不算费事，所用的家什也较简单。一副锡匠担子，一头是风箱，绳系里夹着几块锡板；一头是炭炉和两块二尺见方，一面裱着好几层表芯纸的方砖。锡器是打出来的，不是铸出来的。人家叫锡匠来打锡器，一般都是自己备料——把几件残旧的锡器回炉重打。锡匠在人家门道里或是街边空地上，支起担子，拉动风箱，在锅里把旧锡化成锡水——锡的熔点很低，不大一会就化了；然后把两块方砖对合着（裱纸的一面朝里），在两砖之间压一条绳子，绳子按照要打的锡器圈成近似的形状，绳头留在砖外，把锡水由绳口倾倒过去，两砖一压，就成了锡片；然后，用一个大剪子剪剪，焊好接口，用一个木榫在铁砧上敲敲打打，大约一两顿饭工夫就成型了。锡是软的，打锡器不像打铜器那样费劲，也不那样吵人。粗使的锡器，就这样就能交活。若是细巧的，就还要用刮刀刮一遍，用砂纸打一打，用竹节草（这种草中药店有卖的）磨得锃亮。

这一帮锡匠很讲义气。他们扶持疾病，互通有无，从不抢生意。若是合伙做活，工钱也分得很公道。这帮锡匠有一个头领，是个老锡匠，他说话没有人不听。老锡匠人很耿直，对其余的锡匠（不是他的晚辈就是他的徒弟）管教得很紧。他不许他们赌钱喝酒；嘱咐他们出外做活，要童叟无欺，手脚要干净；不许和妇道嬉皮笑脸。他教他们不要怕事，也绝不要惹事。除了上市应活，平常不让到处闲游乱窜。

老锡匠会打拳，别的锡匠也跟着练武。他屋里有好些白蜡杆、三节棍，没事便搬到外面场地上打对儿。老锡匠说：这是消遣，也可以防身，出门在外，会几手拳脚不吃亏。除此之外，锡匠们的娱乐便是唱唱戏。他们唱的这种戏叫做“小开口”，是一种地方小戏，唱腔本是萨满教的香火（巫师）请神唱的调子，所以又叫“香火戏”。这些锡匠并不信萨满教，但大都会唱香火戏。戏的曲调虽简单，内容却是成本大套，李三娘挑水推磨，生下咬脐郎；白娘子水漫金山；刘金定招亲；方卿唱道情……可以坐唱，也可以化了装彩唱。遇到阴天下雨，不能出街，他们能吹打弹唱一整天。附近的姑娘媳妇都挤过来看——听。

老锡匠有个徒弟，也是他的侄儿，在家大排行第十一，小名就叫个十一子，外人都只叫他小锡匠。这十一子是老锡匠的一件心事。因为他太聪明，长得又太好看了。他长得挺拔厮称，肩宽腰细，唇红齿白，浓眉大眼，头戴遮阳草帽，青鞋净袜，全身衣服整齐合体。天热的时候，敞开衣扣，露出扇面也似的胸脯，五寸宽的雪白的板带煞得很紧。走起路来，高抬脚，轻着地，麻溜利索。锡匠里出了这样一个一表人才，真是鸡窝里飞出了金凤凰。老锡匠心里明白：唱“小开口”的时候，那些挤过来的姑娘媳妇，其实都是来看这位十一郎的。

老锡匠经常告诫十一子，不要和此地的姑娘媳妇拉拉扯扯，尤其不要和东头的姑娘媳妇有什么勾搭：“她们和我们不是一样的人！”

三

轮船公司东头都是草房，茅草盖顶，黄土打墙，房顶两头多盖着半片破缸破瓮，防止大风时把茅草刮走。这里的人，世代相传，都是挑夫。男人、女人，大人、孩子，都靠肩膀吃饭。

挑得最多的是稻子。东乡、北乡的稻船，都在大淖靠岸。满船的稻子，都由这些挑夫挑走。或送到米店，或送进哪家大户的廒仓，或挑到南门外琵琶闸的大船上，沿运河外运。有时还会一直挑到车逻、马棚湾这样很远的码头上。单程一趟，或五六里，或七八里、十多里不等。一二十人走成一串，步子走得很匀，很快。一担稻子一百五十斤，中途不歇肩。一路不停地打着号子。换肩时一齐换肩。打头的一个，手往扁担上一搭，一二十副担子就同时由右肩转到左肩上来了。每挑一担，领一根“筹子”——尺半长，一寸宽的竹牌，上涂白漆，一头是红的。到傍晚凭筹领钱。

稻谷之外，什么都挑。砖瓦、石灰、竹子（挑竹子一头拖在地上，在砖铺的街面上擦得刷刷地响）、桐油（桐油很重，使扁担不行，得用木杠，两人抬一桶）……因此，一年三百六十天，天天有活干，饿不着。

十三四岁的孩子就开始挑了。起初挑半担，用两个柳条笆斗。练上一二年，人长高了，力气也够了，就挑整担，像大人一样地挣钱了。

挑夫们的生活很简单：卖力气，吃饭。一天三顿，都是干饭。这些人家都不盘灶，烧的是“锅腔子”——黄泥烧成的矮瓮，一面开口烧火。烧柴是不花钱的。淖边常有草船，乡下人挑芦柴入街去卖，一路总要撒下一些。凡是尚未挑担挣钱的孩子，就一人一把竹筢，到处去搂。因此，这些顽童得到一个稍带侮辱性的称呼，叫做“筢草鬼子”。有时懒得费事，就从乡下人的草担上猛力拽出一把，拔腿就溜。等乡下人撂下担子叫骂时，他们早就没影儿了。锅腔子无处出烟，烟子就横溢出来，飘到大淖水面上，平铺开来，停留不散。这些人家无隔宿之粮，都是当天买，当天吃。吃的都是脱壳的糙米。一到饭时，就看见这些茅草房子的门口蹲着一些男子汉，捧着一个蓝花大海碗，碗里是骨堆堆的一碗紫红紫红的米饭，一边堆着青菜小鱼，臭豆腐、腌辣椒，大口大口地在吞食。他们吃饭不怎么嚼，只在嘴里打一个滚，咕咚一声就咽下去了。看他们吃得那样香，你会觉得世界上再没有比这个饭更好吃的饭了。

他们也有年，也有节。逢年过节，除了换一件干净衣裳，吃得好一些，就是聚在一起赌钱。赌具，也是钱。打钱，滚钱。打钱：各人拿出一二十铜元，叠成很高的一摞。参与者远远地用一个钱向这摞铜钱砸去，砸倒多少取多少。滚钱又叫“滚五七寸”。在一片空场上，各人放一摞钱；一块整砖支起一个斜坡，用一个铜元由砖面落下，向钱注密处滚去，钱停住后，用事前备好的两根草棍量一量，如距钱注五寸，滚钱者即可吃掉这一注；距离七寸，反赔出与此注相同之数。这种古老的博法使挑夫们得到极大的快乐。旁观的闲人也不时大声喝彩，为他们助兴。

这里的姑娘媳妇也都能挑。她们挑得不比男人少，走得不比男人慢。挑鲜货是她们的专业。大概是觉得这种水淋淋的东西对女人更相宜，男人们是不屑于去挑的。这些“女将”都生得颀长俊俏，浓黑的头发上涂了很多梳头油，梳得油光水滑（照当地说法是：苍蝇站上去都会闪了腿）。脑后的发髻都极大。发髻的大红头绳的发根长到二寸，老远就看到通红的一截。她们的发髻的一侧总要插一点什么东西。清明插一个柳球（杨柳的嫩枝，一头拿牙咬着，把柳枝的外皮连同鹅黄的柳叶使劲往下一抹，成一个小小球形），端午插一丛艾叶，有鲜花时插一朵栀子，一朵夹竹桃，无鲜花时插一朵大红剪绒花。因为常年挑担，衣服的肩膀处易破，她们的托肩多半是换过的。旧衣服，新托肩，颜色不一样，这几乎成了大淖妇女的特有的服饰。一二十个姑娘媳妇，挑着一担担紫红的荸荠、碧绿的菱角、雪白的连枝藕，走成一长串，风摆柳似的嚓嚓地走过，好看得很！

她们像男人一样的挣钱，走相、坐相也像男人。走起来一阵风，坐下来两条腿叉得很开。她们像男人一样赤脚穿草鞋（脚指甲却用凤仙花染红）。她们嘴里不忌生冷，男人怎么说话她们怎么说话，她们也用男人骂人的话骂人。打起号子来也是“好大娘个歪歪子咧！”——“歪歪子咧……”

没出门子的姑娘还文雅一点，一做了媳妇就简直是“姜太公在此百无禁忌”，要多野有多野。有一个老光棍黄海龙，年轻时也是挑夫，后来腿脚有了点毛病，就在码头上看看稻船，收收筹子。这老头儿老没正经，一把胡子了，还喜欢在媳妇们的胸前屁股上摸一把，拧一下。按辈分，他应当被这些媳妇称呼一声叔公，可是谁都管他叫“老骚胡子”。有一天，他又动手动脚的，几个媳妇一咬耳朵，一二三，一齐上手，眨眼之间叔公的裤子就挂在大树顶上了。有一回，叔公听见卖饺面[①]的挑着担子，敲着竹梆走来，他又来劲了：“你们敢不敢到淖里洗个澡？——敢，我一个人输你们两碗饺面！”——“真的？”——“真的！”——“好！”几个媳妇脱了衣服跳到淖里扑通扑通洗了一会。爬上岸就大声喊叫：

“下面！”

这里人家的婚嫁极少明媒正娶，花轿吹鼓手是挣不着他们的钱的。媳妇，多是自己跑来的；姑娘，一般是自己找人。他们在男女关系上是比较随便的。姑娘在家生私孩子；一个媳妇，在丈夫之外，再“靠”一个，不是稀奇事。这里的女人和男人好，还是恼，只有一个标准：情愿。有的姑娘、媳妇相与了一个男人，自然也跟他要钱买花戴，但是有的不但不要他们的钱，反而把钱给他花，叫做“倒贴”。

因此，街里的人说这里“风气不好”。

到底是哪里的风气更好一些呢？难说。

---

①一半馄饨一半面下在一起，当地叫做饺面。

四

大淖东头有一户人家。这一家只有两口人，父亲和女儿。父亲名叫黄海蛟，是黄海龙的堂弟（挑夫里姓黄的多）。原来是挑夫里的一把好手。他专能上高跳。这地方大粮行的“窝积”（长条芦席围成的粮囤），高到三四丈，只支一只单跳，很陡。上高跳要提着气一口气窜上去，中途不能停留。遇到上了一点岁数的或者“女将”，抬头看看高跳，有点含糊，他就走过去接过一百五十斤的担子，一支箭似的上到跳顶，两手一提，把两箩稻子倒在“窝积”里，随即三五步就下到平地。因为为人忠诚老实，二十五岁了，还没有成亲。那年在车逻挑粮食，遇到一个姑娘向他问路。这姑娘留着长长的刘海，梳了一个“苏州俏”的发髻，还抹了一点胭脂，眼色张皇，神情焦急，她问路，可是连一个准地名都说不清，一看就知道是大户人家逃出来的使女。黄海蛟和她攀谈了一会，这姑娘就表示愿意跟着他过。她叫莲子。——这地方丫头、使女多叫莲子。

莲子和黄海蛟过了一年，给他生了个女儿。七月生的，生下的时候满天都是五色云彩，就取名叫做巧云。

莲子的手很巧、也勤快，只是爱穿件华丝葛的裤子，爱吃点瓜子零食，还爱唱“打牙牌”之类的小调：“凉月子一出照楼梢，打个呵欠伸懒腰，瞌睡子又上来了。哎哟，哎哟，瞌睡子又上来了……”这和大淖的乡风不大一样。

巧云三岁那年，她的妈莲子，终于和一个过路戏班子的一个唱小生的跑了。那天，黄海蛟正在马棚湾。莲子把黄海蛟的衣裳都浆洗了一遍，巧云的小衣裳也收拾在一起，焖了一锅饭，还给老黄打了半斤酒，把孩子托给邻居，说是她出门有点事，锁了门，从此就不知去向了。

巧云的妈跑了，黄海蛟倒没有怎么伤心难过。这种事情在大淖这个地方也值不得大惊小怪。养熟的鸟还有飞走的时候呢，何况是一个人！只是她留下的这块肉，黄海蛟实在是疼得不行。他不愿巧云在后娘的眼皮底下委委屈屈地生活，因此发心不再续娶。他就又当爹又当妈，和女儿巧云在一起过了十几年。他不愿巧云去挑扁担，巧云从十四岁就学会结鱼网和打芦席。

巧云十五岁，长成了一朵花。身材、脸盘都像妈。瓜子脸，一边有个很深的酒窝。眉毛黑如鸦翅，长入鬓角。眼角有点吊，是一双凤眼。睫毛很长，因此显得眼睛经常是眯晞着；忽然回头，睁得大大的，带点吃惊而专注的神情，好像听到远处有人叫她似的。她在门外的两棵树杈之间结网，在淖边平地上织席，就有一些少年人装着有事的样子来来去去。她上街买东西，甭管是买肉、买菜，打油、打酒，撕布、量头绳，买梳头油、雪花膏，买石碱、浆块，同样的钱，她买回来，分量都比别人多，东西都比别人的好。这个奥秘早被大娘、大婶们发现，她们都托她买东西。只要巧云一上街，都挎了好几个竹篮，回来时压得两个胳臂酸疼酸疼。泰山庙唱戏，人家都自己扛了板凳去。巧云散着手就去了。一去了，总有人给她找一个得看的好座。台上的戏唱得正热闹，但是没有多少人叫好。因为好些人不是在看戏，是看她。

巧云十六了，该张罗着自己的事了。谁家会把这朵花迎走呢？炕房的老大？浆坊的老二？鲜货行的老三？他们都有这意思。这点意思黄海蛟知道了，巧云也知道。不然他们老到淖东头来回晃摇是干什么呢？但是巧云没怎么往心里去。

巧云十七岁，命运发生了一个急转直下的变化。她的父亲黄海蛟在一次挑重担上高跳时，一脚踏空，从三丈高的跳板上摔下来，摔断了腰。起初以为不要紧，养养就好了。不想喝了好多药酒，贴了好多膏药，还不见效。她爹半瘫了，他的腰再也直不起来了。他有时下床，扶着一个剃头担子上用的高板凳，格登格登地走一截，平常就只好半躺下靠在一摞被窝上。他不能用自己的肩膀为女儿挣几件新衣裳，买两枝花，却只能由女儿用一双手养活自己了。还不到五十岁的男子汉，只能做一点老太婆做的事：绩了一捆又一捆的供女儿结网用的麻线。事情很清楚：巧云不会撇下她这个老实可怜的残废爹。谁要愿意，只能上这家来当一个倒插门的养老女婿。谁愿意呢？这家的全部家产只有三间草屋（巧云和爹各住一间，当中是一个小小的堂屋）。老大、老二、老三时不时走来走去，拿眼睛瞟着隔着一层鱼网或者坐在雪白的芦席上的一个苗条的身子。他们的眼睛依然不缺乏爱慕，但是减少了几分急切。

老锡匠告诫十一子不要老往淖东头跑，但是小锡匠还短不了要来。大娘、大婶、姑娘、媳妇有旧壶翻新，总喜欢叫小锡匠来。从大淖过深巷上大街也要经过这里，巧云家门前的柳荫是一个等待雇主的好地方。巧云织席，十一子化锡，正好做伴。有时巧云停下活计，帮小锡匠拉风箱。有时巧云要回家看看她的残废爹，问他想不想吃烟喝水，小锡匠就压住炉里的火，帮她织一气席。巧云的手指划破了（织席很容易划破手，压扁的芦苇薄片，刀一样的锋快），十一子就帮她吮吸指头肚子上的血。巧云从十一子口里知道他家里的事：他是个独子，没有兄弟姐妹。他有一个老娘，守寡多年了。他娘在家给人家做针线，眼睛越来越不好，他很担心她有一天会瞎……

好心的大人路过时会想：这倒真是两只鸳鸯，可是配不成对。一家要招一个养老女婿，一家要接一个当家媳妇，弄不到一起。他们俩呢，只是很愿意在一处谈谈坐坐。都到岁数了，心里不是没有。只是像一片薄薄的云，飘过来，飘过去，下不成雨。

有一天晚上，好月亮，巧云到淖边一只空船上去洗衣裳（这里的船泊定后，把桨拖到岸上，寄放在熟人家，船就拴在那里，无人看管，谁都可以上去）。她正在船头把身子往前倾着，用力涮着一件大衣裳，一个不知轻重的顽皮野孩子轻轻走到她身后，伸出两手咯吱她的腰。她冷不防，一头栽进了水里。她本会一点水，但是一下子懵了。这几天水又大，流很急。她挣扎了两下，喊救人，接连喝了几口水。她被水冲走了！正赶上十一子在炕房门外土坪上打拳，看见一个人冲了过来，头发在水上漂着。他褪下鞋子，一猛子扎到水底，从水里把她托了起来。

十一子把她肚子里的水控了出来，巧云还是昏迷不醒。十一子只好把她横抱着，像抱一个婴儿似的，把她送回去。她浑身是湿的，软绵绵，热乎乎的。十一子觉得巧云紧紧挨着他，越挨越紧。十一子的心怦怦地跳。

到了家，巧云醒来了。（她早就醒来了！）十一子把她放在床上。巧云换了湿衣裳（月光照出她的美丽的少女的身体）。十一子抓一把草，给她熬了半锅子姜糖水，让她喝下去，就走了。

巧云起来关了门，躺下。她好像看见自己躺在床上的样子。月亮真好。

巧云在心里说：“你是个呆子！”

她说出声来了。

不大一会，她也就睡死了。

就在这一天夜里，另外一个人，拨开了巧云家的门。

五

由轮船公司对面的巷子转东大街，往西不远，有一个道士观，叫做炼阳观。现在没有道士了，里面住了不到一营水上保安队。这水上保安队是地方武装。他们名义上归县政府管辖，饷银却由县商会开销，水上保安队的任务是下乡剿土匪。这一带土匪很多，他们抢了人，绑了票，大都藏匿在芦荡湖泊中的船上（这地方到处是水），如遇追捕，便于脱逃。因此，地方绅商觉得很需要成立一个特殊的武装力量来对付这些成帮结伙的土匪。水上保安队装备是很好的。他们乘的船是“铁板划子”——船的三面都有半人高、三四分厚的铁板，子弹是打不透的。铁板划子就停在大淖岸边，样子很高傲。一有任务，就看见大兵们扛着两挺水机关，用箩筐抬着多半筐子弹（子弹不用箱装，却使箩抬，颇奇怪），上了船，开走了。

或七八天，或十天半月，他们得胜回来了（他们有铁板划子，又有水机关，对土匪有压倒优势，很少有伤亡）。铁板划子靠了岸，上岸列队，由深巷，上大街，直奔县政府。这队伍是四列纵队。前面是号队。这不到一营的人，却有十二支号。一上大街，就“打打打滴打大打滴大打”，齐齐整整地吹起来。后面是全队弟兄，一律荷枪实弹。号队之后，大队之前的正中，是捉来的土匪。有时三个五个，有时只有一个，都是五花大绑。这队伍是很神气的。最妙的是被绑着的土匪也一律都合着号音，步伐整齐，雄赳赳气昂昂地走着。甚至值日官喊“一、二、三、四”，他们也随着大声地喊。大队上街之前，要由地保事先通知沿街店铺，凡有鸟笼的（有的店铺是养八哥、画眉的），都要收起来，因为土匪大哥看见不高兴，这是他们忌讳的（他们到了县政府，都下在大狱里，看见笼中鸟，就无出狱希望了）。看看这样的铜号放光，刺刀雪亮，还夹着几个带有传奇色彩的土匪英雄的威武雄壮的队伍，是这条街上的民众的一件快乐事情。其快乐程度不下于看狮子、龙灯、高跷、抬阁，和僧道齐全、六十四杠的大出丧。

除了下乡办差，保安队的弟兄们没有什么事。他们除了把两挺水机关扛到大淖边突突地打两梭（把淖岸上的泥土打得簌簌地往下掉），平常是难得出操、打野外的。使人们感觉到这营把人的存在的，是这十二个号兵早晚练号。早晨八九点钟，下午四五点钟，他们就到大淖边来了。先是拔长音，然后各自吹几段，最后是合吹进行曲、三环号（他们吹三环号只是吹着玩，因为从来没有接受检阅的时候）。吹完号，就解散，想干什么干什么。有的，就轻手轻脚，走进一家的门外，咳嗽一声，随着，走了进去，门就关起来了。

这些号兵大都衣着整齐，干净爱俏。他们除了吹吹号，整天无事干，有的是闲空。他们的钱来得容易——饷钱倒不多，但每次下乡，总有犒赏；有时与土匪遭遇，双方谈条件，也常从对方手中得到一笔钱，手面很大方，花钱不在乎。他们是保护地方绅商的军人，身后有靠山，即或出一点什么事，谁也无奈他何。因此，这些大爷就觉得不风流风流，实在对不起自己，也辜负了别人。

十二个号兵，有一个号长，姓刘，大家都叫他刘号长。这刘号长前后跟大淖几家的媳妇都很熟。

拨开巧云家的门的，就是这个号长！

号长走的时候留下十块钱。

这种事在大淖不是第一次发生。巧云的残废爹当时就知道了。他拿着这十块钱，只是长长地叹了一口气。邻居们知道了，姑娘、媳妇并未多议论，只骂了一句："这个该死的！"

巧云破了身子，她没有淌眼泪，更没有想到跳到淖里淹死。人生在世，总有这么一遭！只是为什么是这个人？真不该是这个人！怎么办？拿把菜刀杀了他？放火烧了炼阳观？不行！她还有个残废爹。她怔怔地坐在床上，心里乱糟糟的。她想起该起来烧早饭了。她还得结网、织席，还得上街。她想起小时候上人家看新娘子，新娘子穿了一双粉红的缎子花鞋。她想起她的远在天边的妈。她记不得妈的样子，只记得妈用一个筷子头蘸了胭脂给她点了一点眉心红。她拿起镜子照照，她好像第一次看清楚自己的模样。她想起十一子给她吮手指上的血，这血一定是咸的。她觉得对不起十一子，好像自己做错了什么事。她非常失悔：没有把自己给了十一子！

她的这个念头越来越强烈。这个号长来一次，她的念头就更强烈一分。

水上保安队又下乡了。

一天，巧云找到十一子，说：“晚上你到大淖东边来，我有话跟你说。”

十一子到了淖边。巧云踏在一只“鸭撇子”上（放鸭子用的小船，极小，仅容一人。这是一只公船，平常就拴在淖边。大淖人谁都可以撑着它到沙洲上挑蒌蒿，割茅草，拣野鸭蛋），把篙子一点，撑向淖中央的沙洲，对十一子说：“你来！”

过了一会，十一子泅水到了沙洲上。

他们在沙洲的茅草丛里一直呆到月到中天。

月亮真好啊！

六

十一子和巧云的事，师兄们都知道，只瞒着老锡匠一个人。他们偷偷地给他留着门，在门窝子里倒了水（这样推门进来没有声音）。十一子常常到天快亮的时候才回来。有一天，又是这时候才推开门。刚刚要钻被窝，听见老锡匠说：

“你不要命啦！”

这种事情怎么瞒得住人呢？终于，传到刘号长的耳朵里。其实没有人跟他嚼舌头，刘号长自己还不知道？巧云看见他都讨厌，她的全身都是冷淡的。刘号长咽不下这口气。本来，他跟巧云又没有拜过堂，完过花烛，闲花野草，断了就断了。可是一个小锡匠，夺走了他的人，这丢了当兵的脸。太岁头上动土，这还行！这种事从来没有发生过。连保安队的弟兄也都觉得面上无光，在人前矬了一截。他是只许自己在别人头上拉屎撒尿，不许别人在他脸上溅一星唾沫的。若是闭着眼过去，往后，保安队的人还混不混了？

有一天，天还没亮，刘号长带了几个弟兄，踢开巧云家的门，从被窝里拉起了小锡匠，把他捆了起来。把黄海蛟、巧云的手脚也都捆了，怕他们去叫人。

他们把小锡匠弄到泰山庙后面的坟地里，一人一根棍子，搂头盖脸地打他。

他们要小锡匠卷铺盖走人，回他的兴化，不许再留在大淖。

小锡匠不说话。

他们要小锡匠答应不再走进黄家的门，不挨巧云的身子。

小锡匠还是不说话。

他们要小锡匠告一声饶，认一个错。

小锡匠的牙咬得紧紧的。

小锡匠的硬铮把这些向来是横着膀子走路的家伙惹怒了，“你这样硬！打不死你！”——“打”，七八根棍子风一样、雨一样打在小锡匠的身子。

小锡匠被他们打死了。

锡匠们听说十一子被保安队的人绑走了，他们四处找，找到了泰山庙。老锡匠用手一探，十一子还有一丝悠悠气。老锡匠叫人赶紧去找陈年的尿桶。他经验过这种事，打死的人，只有喝了从桶里刮出来的尿碱，才有救。

十一子的牙关咬得很紧，灌不进去。

巧云捧了一碗尿碱汤，在十一子的耳边说："十一子，十一子，你喝了！"

十一子微微听见一点声音，他睁了睁眼。巧云把一碗尿碱汤灌进了十一子的喉咙。不知道为什么，她自己也尝了一口。

锡匠们摘了一块门板，把十一子放在门板上，往家里抬。

他们抬着十一子，到了大淖东头，还要往西走。巧云拦住了：

"不要。抬到我家里。"

老锡匠点点头。

巧云把屋里存着的鱼网和芦席都拿到街上卖了，买了七厘散，医治十一子身子里的瘀血。

东头的几家大娘、大婶杀了下蛋的老母鸡，给巧云送来了。

锡匠们凑了钱，买了人参，熬了参汤。

挑夫，锡匠，姑娘，媳妇，川流不息地来看望十一子。他们把平时在辛苦而单调的生活中不常表现的热情和好心都拿出来了。他们觉得十一子和巧云做的事都很应该，很对。大淖出了这样一对年轻人，使他们觉得骄傲。大家的心喜洋洋，热乎乎的，好像在过年。

刘号长打了人，不敢再露面。他那几个弟兄也都躲在保安队的队部里不出来。保安队的门口加了双岗。这些好汉原来都是一窝"草鸡"！

锡匠们开了会。他们向县政府递了呈子，要求保安队把姓刘的交出来。

县政府没有答复。

锡匠们上街游行。这个游行队伍是很多人从未见过的。没有旗子，没有标语，就是二十来个锡匠挑着二十来副锡匠担子，在全城的大街上慢慢地走。这是个沉默的队伍，但是非常严肃。他们表现出不可侵犯的威严和不可动摇的决心。这个带有中世纪行帮色彩的游行队伍十分动人。

游行继续了三天。

第三天，他们举行了“顶香请愿”。二十来个锡匠，在县政府照壁前坐着，每人头上用木盘顶着一炉炽旺的香。这是一个古老的风俗：民有沉冤，官不受理，被逼急了的百姓可以用香火把县大堂烧了，据说这不算犯法。

这条规矩不载于《六法全书》，现在不是大清国，县政府可以不理会这种“陋习”。但是这些锡匠是横了心的，他们当真干起来，后果是严重的。县长邀请县里的绅商商议，一致认为这件事不能再不管。于是由商会会长出面，约请了有关的人：一个承审——作为县长代表，保安队的副官，老锡匠和另外两个年长的锡匠，还有代表挑夫的黄海龙，四邻见证——卖眼镜的宝应人，卖天竺筷的杭州人，在一家大茶馆里举行会谈，来“了”这件事。

会谈的结果是：小锡匠养伤的药钱由保安队负担（实际是商会拿钱），刘号长驱逐出境。由刘号长画押具结。老锡匠觉得这样就给锡匠和挑夫都挣了面子，可以见好就收了。只是要求在刘某人的具结上写上一条：如果他再踏进县城一步，任凭老锡匠一个人把他收拾了！

过了两天，刘号长就由两个弟兄持枪护送，悄悄地走了。他被调到三垛去当了税警。

十一子能进一点饮食，能说话了。巧云问他：

“他们打你，你只要说不再进我家的门，就不打你了，你就不会吃这样大的苦了。你为什么不说？”

“你要我说么？”

“不要。”

“我知道你不要。”

“你值么。”

“我值。”

“十一子，你真好！我喜欢你！你快点好。”

“你亲我一下，我就好得快。”

“好，亲你！”

巧云一家有了三张嘴。两个男的不能挣钱，但要吃饭。大淖东头的人家都没有积蓄，也没有什么东西可以变卖典押。结鱼网，打芦席，都不能当时见钱。十一子的伤一时半会不会好，日子长了，怎么过呢？巧云没有经过太多考虑，把爹用过的箩筐找出来，磕磕尘土，就去挑担挣“活钱”去了。姑娘媳妇都很佩服她。起初她们怕她挑不惯，后来看她脚下很快，很匀，也就放心了。从此，巧云就和邻居的姑娘媳妇在一起，挑着紫红的荸荠、碧绿的菱角、雪白的连枝藕，风摆柳似的穿街过市，发髻的一侧插着大红花。她的眼睛还是那么亮，长睫毛忽扇忽扇的。但是眼神显得更深沉，更坚定了。她从一个姑娘变成了一个很能干的小媳妇。

十一子的伤会好么？

会。

当然会！

寻常市井，不话寻常

人／间／小／暖

这三个人是：王瘦吾、陶虎臣、靳彝甫。王瘦吾原先开绒线店，陶虎臣开炮仗店，靳彝甫是个画画的。他们是从小一块长大的。这是三个说上不上，说下不下的人。既不是缙绅先生，也不是引车卖浆者流。他们的日子时好时坏。好的时候桌上有两个菜，一荤一素，还能烫二两酒；坏的时候，喝粥，甚至断炊。三个人的名声倒都是好的。他们都没有做过伤天害理的事，对人从不尖酸刻薄，对地方的公益，从不袖手旁观。某处的桥坍了，要修一修；哪里发现一名"路倒"，要掩埋起来；闹时疫的时候，在码头路口设一口瓷缸，内装药茶，施给来往行人；一场大火之后，请道士打醮禳灾……遇有这一类的事，需要捐款，首事者把捐簿伸到他们的面前时，他们都会提笔写下一个谁看了也会点头的数目。因此，他们走在街上，一街的熟人都跟他们很客气地点头打招呼。

"早！"

"早！"

"吃过了？"

"偏过了，偏过了！"

王瘦吾真瘦。瘦得两个肩胛骨从长衫的外面都看得清清楚楚。他年轻时很风雅过几天。他小时开蒙的塾师是邑中名士谈甓渔，谈先生教会了他作诗。那时，绒线店由父亲经营着，生意不错，这样他就有机会追随一些阔的和不太阔的名士，春秋佳日，文酒雅集。遇有什么张母吴太夫人八十寿辰征诗，也会送去两首七律。瘦吾就是那时落下的一个别号。自从父亲一死，他挑起全家的生活，就不再作一句诗，和那些诗人们也再无来往。

他家的绒线店是一个不大的连家店。店面的招牌上虽写着“京广洋货，零趸批发”，所卖的却只是：丝线、绦子、头号针、二号针、女人钳眉毛的镊子、刨花[①]、抿子（涂刨花水用的小刷子）、品青、煮蓝、僧帽牌洋蜡烛、太阳牌肥皂、美孚灯罩……种类很多，但都值不了几个钱。每天晚上结账时都是一堆铜板和一角两角的零碎的小票，难得看见一块洋钱。

这样一个小店，维持一家生活，是困难的。王瘦吾家的人口日渐增多了。他上有老母，自己又有了三个孩子。小的还在娘怀里抱着。两个大的，一儿一女，已经都在上小学了。不用说穿衣，就是穿鞋也是个愁人的事。

儿子最恨下雨。小学的同学几乎全部在下雨天都穿了胶鞋来上学，只有他穿了还是他父亲穿过的钉鞋[②]。钉鞋很笨，很重，走起来还嘎啦嘎啦地响。他一进学校的大门，同学们就都朝他看，看他那双鞋。他闹了好多回。每回下雨，他就说：“我不去上学了！”妈都给

①桐木刨出来的薄薄的长条。泡在水里，稍带黏性。过去女人梳头掠鬓，离不开它。

②现在的年轻人连钉鞋也不知道了！钉鞋是一双纳帮很结实的布鞋，也有用生牛皮做的，在桐油里浸过，鞋底钉了很多奶头大的铁钉。在未有胶鞋之前，这便是雨鞋。

他说好话："明年，明年就买胶鞋。一定！"——"明年！您都说了几年了！"最后还是嘟着嘴，挟了一把补过的旧伞，走了。王瘦吾听见街石上儿子的钉鞋愤怒的声音，半天都没有说话。

女儿要参加全县小学秋季运动会，表演团体操，要穿规定的服装：白上衣、黑短裙。这都还好办。难的是鞋——要一律穿白球鞋。女儿跟妈要。妈说："一双球鞋，要好几块钱。咱们不去参加了。就说生病了，叫你爸写个请假条。"女儿不像她哥发脾气，闹，她只是一声不响，眼泪不停地往下滴。到底还是去了。这位能干的妈跟邻居家借来一双球鞋，比着样子，用一块白帆布连夜赶做了一双。除了底子是布的，别处跟买来的完全一样。天亮的时候，做妈的轻轻地叫："妞子，起来！"女儿一睁眼，看见床前摆着一双白鞋，趴在妈胸前哭了。王瘦吾看见妻子疲乏而凄然的笑容，他的心酸。

因此，王瘦吾老想发财。

这财，是怎么个发法呢？靠这个小绒线店，是不可能有什么出息的。他得另外想办法。这城里的街，好像是傍晚时的码头，各种船只，都靠满了。各行各业，都有个固定的地盘，想往里面再插一只手，很难。他得把眼睛看到这个县城以外，这些行业以外。他做过许多不同性质的生意。他做过虾籽生意，醉蟹生意，腌制过双黄鸭蛋。张家庄出一种木瓜酒，他运销过。本地出一种药材，叫做豨莶，他收过，用木船装到上海（他自己就坐在一船高高的药草上），卖给药材行。三叉河出一种水仙鱼，他曾想过做罐头……他做的生意都有点别出心裁，甚至是想入非非。他隔个把月就要出一次门，四乡八镇，到处跑。像一只饥饿的鸟，到处飞，想给儿女们找一口食。回来时总带着满身的草屑灰尘；人，越来越瘦。

后来他想起开工厂。他的这个工厂是个绳厂，做草绳和钱串子。蓑衣草两股，绞成细绳，过去是穿制钱用的，所以叫做钱串子。现在不使制钱了，店铺里却离不开它。茶食店用来包扎点心，席子店捆席子，卖鱼的穿鱼鳃。绞这种细绳，本来是湖西农民冬闲时的副业，一大捆一大捆挑进城来兜售。因为没有准人、准时、准数，有时需用，却遇不着。有了这么个厂，对于用户方便多了。王瘦吾这个厂站住了。他就不再四处奔跑。

这家工厂，连王瘦吾在内，一共四个人。一个伙计搬运，两个做活。有两架“机器”，倒是铁的，只是都要用手摇。这两架机器，摇起来嘎嘎地响，给这条街增添了一种新的声音，和捶铜器、打烧饼、算命瞎子的铜铛的声音混和在一起。不久，人们就习惯了，仿佛这声音本来就有。

初二、十六[①]的傍晚，常常看到王瘦吾拎了半斤肉或一条鱼从街上走回家。

每到天气晴朗，上午十来点钟，在这条街上，就可以听到从阴城方向传来爆裂的巨响：

“砰——磅！”

大家就知道，这是陶虎臣在试炮仗了。孩子们就提着裤子向阴城飞跑。

---

①这是店铺里打牙祭的日子。

阴城是一片古战场。相传韩信在这里打过仗。现在还能挖到一种有耳的尖底陶瓶，当地叫做“韩瓶”，据说是韩信的部队所用的行军水壶。说是这种陶瓶冬天插了梅花，能结出梅子来。现在这里是乱葬冈，不知道从什么时候起叫做“阴城”。到处是坟头、野树、荒草、芦荻。草里有蛤蟆、野兔子、大极了的蚂蚱、油葫芦、蟋蟀。早晨和黄昏，有许多白颈老鸦。人走过，就哑哑地叫着飞起来。不一会，又都纷纷地落下了。

这里没有住户人家。只有一个破财神庙。里面住着一个侉子。这侉子不知是什么来历。他杀狗，吃肉——阴城里野狗多的是，还喝酒。

这地方很少有人来。只有孩子们结伴来放风筝，掏蟋蟀。再就是陶虎臣来试炮仗。

试的是“天地响”。这地方把双响的大炮仗叫“天地响”，因为地下响一声，飞到半空中，又响一声，炸得粉碎，纸屑飘飘地落下来。陶家的“天地响”一听就听得出来，特别响。两响之间的距离也大——蹿得高。

“砰——磅！”

“砰——磅！”

他走一二十步，放一个，身后跟着一大群孩子。孩子里有胆大的。要求放一个，陶虎臣就给他一个：

“点着了快跑！——崩疼了可别哭！”

其实是崩不着的。陶虎臣每次试炮仗，特意把其中的几个的捻子加长，就是专为这些孩子预备的。捻子着了，嗤嗤地冒火，半天，才听见响呢。

陶家炮仗店的门口也是经常围着一堆孩子，看炮仗师傅做炮仗。两张白木的床子，有两块很光滑的木板。把一张粗草纸裹在一个钢钎上，两块木板一搓，吱溜——就是一个炮仗筒子。

孩子们看师傅做炮仗，陶虎臣就伏在柜台上很有兴趣地看这些孩子。有时问他们几句话：

“你爸爸在家吗？干吗呢？”

“你的痄腮好了吗？”

孩子们都知道陶老板人很和气，很喜欢孩子，见面都很愿意叫他：

“陶大爷！”

“陶伯伯！”

“哎，哎。”

陶家炮仗店的生意本来是不错的。

他家的货色齐全。除了一般的鞭炮，还出一种别家不做的鞭，叫做“遍地桃花”。不但外皮，连里面的筒子都一色是梅红纸卷的。放了之后，地下一片红，真像是一地的桃花瓣子。如果是过年，下过雪，花瓣落在雪地上，红是红，白是白，好看极了。

这种鞭，成本很贵，除非有人定做，平常是不预备的。

一般的鞭炮，陶虎臣自己是不动手的。他会做花炮。一筒大花炮，能放好几分钟。他还会做一种很特别的花，叫做“酒梅”。一棵弯曲横斜的枯树，埋在一个瓷盆里，上面串结了许多各色的小花炮，点着之后，满树喷花。火花射尽，树枝上还留下一朵一朵梅花，蓝荧荧的，静悄悄地开着，经久不熄。这是棉花浸了高粱酒做的。

他还有一项绝技，是做焰火。一种老式的焰火，有的地方叫做花盒子。

酒梅、焰火，他都不在店里做，在家里做。因为这有许多秘方，不能外传。

做焰火，除了配料，关键是串捻子。串得不对，会轰隆一声，烧成一团火。弄不好，还会出事。陶虎臣的一只左眼坏了，就是因为有一次放焰火，出了故障，不着了，他搭了梯子爬到架上去看，不想焰火忽然又响了，一个火球迸进了瞳孔。

陶虎臣坏了一只眼睛，还看不出太大的破相，不像一般有残疾的人往往显得很凶狠。他依然随时是和颜悦色的，带着宽厚而慈祥的笑容。这种笑容，只有与世无争，生活上容易满足的人才会有。

但是他的这种心满意足的神情逐年在消退。鞭炮生意，是随着年成走的。什么时候风调雨顺，国泰民安，什么时候炮仗店就生意兴隆。这样的年头，能够老是有么?

“遍地桃花”近年很少人家来定货了。地方上多年未放焰火，有的孩子已经忘记放焰火是什么样子了。

陶虎臣长得很敦实，跟他的名字很相称。

靳彝甫和陶虎臣住在一条巷子里，相隔只有七八家。谁家的火灭了，孩子拿了一块劈柴，就能从另一家引了火来。他家很好认，门口钉着一块铁皮的牌子，红地黑字：“靳彝甫画寓”。

这城里画画的，有三种人。

一种是画家。这种人大都有田有地，不愁衣食，作画只是自己消遣，或作为应酬的工具。他们的画是不卖钱的。求画的人只是送几件很高雅的礼物。或一坛绍兴花雕，或火腿、鲥鱼、白沙枇杷，或一套讲究的宜兴紫砂茶具，或两大盆正在茁箭子的建兰。他们的画，多半是大写意，或半工半写。工笔画他们是不耐烦画的，也不会。

一种是画匠。他们所画的，是神像。画得最多的是“家神菩萨”。这“家神菩萨”是一个大家族：头一层是南海观音的一伙，第二层是玉皇大帝和他的朝臣，第三层是关帝老爷和周仓、关平，最下一层是财神爷。他们也在玻璃的反面用油漆画福禄寿三星（这种画美术史家称之为“玻璃油画”），作插屏。他们是在制造一种商品，不是作画。而且是流水作业，描衣纹的是一个人（照着底子描），“开脸”的是一个人，着色的是另一个人。他们的作坊，叫做“画匠店”。一个画匠店里常有七八个人同时做活，却听不到一点声音，因为画匠多半是哑巴。

靳彝甫两者都不是。也可以说是介乎两者之间的那么一种人。比较贴切些，应该称之为“画师”，不过本地无此说法，只是说“画画的”。他是靠卖画吃饭的，但不像画匠店那样在门口设摊或批发给卖门神“欢乐”的纸店[①]，他是等人登门求画的（所以挂“画寓”的招牌）。他的画按尺论价，大青大绿另加，可以点题。来求画的，多半是茶馆酒肆、茶叶店、参行、钱庄的老板或管事。也有那些闲钱不多，送不起重礼，攀不上高门第的画家，又不甘于家里只有四堵素壁的中等人家。他们往往喜欢看着他画，靳彝甫也就欣然对客挥毫。主

①在梅红纸上用刻刀镂刻出透空的细致的吉祥花纹，贴在门头上，小的叫“吊钱”，大的叫“欢乐”。有的地方叫“吊挂”。

客双方，都很满意。他的画署名（画匠的作品是从不署名的），但都不题上款，因为不好称呼，深了不是，浅了不是，题了，人家也未必高兴，所以只是简单地写四个字：“彝甫靳铭”。若是佛像，则题“靳铭沐手敬绘”。

靳家三代都是画画的。家里积存的画稿很多。因为要投合不同的兴趣，山水、人物、翎毛、花卉，什么都画。工笔、写意、浅绛、重彩不拘。

他家家传会写真，都能画行乐图（生活像）和喜神图（遗像）。中国的画像是有诀窍的。画师家都藏有一套历代相传的“百脸图”。把人的头面五官加以分析，定出一百种类型。画时端详着对象，确定属于哪一类，然后在此基础上加减，画出来总是有几分像的。靳彝甫多年不画喜神了。因为画这种像，经常是在死人刚刚断气时，被请了去，在床前对着勾描。他不愿看死人。因此，除了至亲好友，这种活计，一概不应。有来求的，就说不会。行乐图，自从有了照相馆之后，也很少有人来要画了。

靳彝甫自己喜欢画的，是青绿山水和工笔人物。青绿山水、工笔人物，一年能收几件呢？因此，除了每年端午，他画几十张各式各样的钟馗，挂在巷口如意楼酒馆标价出售，能够有较多的收入，其余的时候，全家都是半饥半饱。

虽然是半饥半饱，他可是活得有滋有味。他的画室里挂着一块小匾，上书“四时佳兴”。画室前有一个很小的天井。靠墙种了几竿玉屏箫竹。石条上摆着茶花、月季。一个很大的均窑平盘里养着一块玲珑剔透的上水石，蒙了半寸厚的绿苔，长着虎耳草和铁线草。冬天，他总要养几头单瓣的水仙。不到三寸长的碧绿的叶子，开着白玉一样的繁花。春天，放风筝。他会那样耐烦地用一个称金子用的小戥子约着蜈蚣风筝两边脚上的鸡毛（鸡毛分量稍差，蜈蚣上天就会打滚）。夏天，用莲子种出荷花。不大的荷叶，直径三寸的花，下面养了一二分长的小鱼。秋天，养蟋蟀。他家藏有一本托名贾似道撰写的《秋虫谱》。养蟋蟀的泥罐还是他祖父留下来的旧物。每天晚上，他点一个灯笼，到阴城去掏蟋蟀。财神庙的那个侉子，常常一边喝酒、吃狗肉，一边看这位大胆的画师的灯笼走走，停停，忽上，忽下。

他有一盒爱若性命的东西，是三块田黄石章。这三块田黄都不大，可是跟三块鸡油一样！一块是方的，一块略长，还有一块不成形。数这块不成形的值钱，它有文三桥[①]刻的边款（篆文不知叫一个什么无知的人磨去了）。文三桥呀，可着全中国，你能找出几块？有一次，邻居家失火，他什么也没拿，只抢了这三块图章往外走。吃不饱的时候，只要把这三块图章拿出来看看，他就觉得对这个世界没有什么可抱怨的了。

这一年，这三个人忽然都交了好运。

王瘦吾的绳厂赚了钱。他可又觉得这个买卖货源、销路都有限，他早就想好了另外一宗生意。这个县北乡高田多种麦，出极好的麦秸，当地农民多以掐草帽辫为副业。每年有外地行商来，以极便宜的价钱收去。稍经加工，就成了草帽，又以高价卖给农民。王瘦吾想：

①文徵明的长子，名彭，字寿承，三桥是他的别号。

为什么不能就地制成草帽呢？这钱为什么要给外地人赚去呢？主意已定，他就把两台绞绳机盘出去，买了四架扎草帽的机子，请了一个师傅，教出三个徒弟，就在原来绳厂的旧址，办起了一个草帽厂。城里的买卖人都说：王瘦吾这步棋看得准，必赚无疑！草帽厂开张的那天，来道喜和看热闹的人很多。一盘草帽辫，在师傅手里，通过机针一扎，哒哒地响，一会儿工夫，哎，草帽盔出来了！——又一会，草帽边！——成了！一顶一顶草帽，顷刻之间，摞得很高。这不是草帽，这是大洋钱呀！这一天，靳彝甫送来一张“得利图”，画着一个白须的渔翁，背着鱼篓，提着两尾金鳞赤尾的大鲤鱼。凡看了这张画的，无不大笑：这渔翁的长相，活脱就是王瘦吾！陶虎臣特地送来一挂遍地桃花满堂红的一千头的大鞭，砰砰磅磅响了好半天！

陶虎臣从来没有做过这么大的焰火生意。这一年闹大水。运河平了漕。西北风一起，大浪头翻上来，把河堤上丈把长的青石都卷了起来。看来，非破堤不可。很多人家扎了筏子，预备了大澡盆，天天晚上不敢睡，只等堤决水下来时逃命。不料，河水从下游泻出，伏汛安然度过，保住了无数人畜。秋收在望，市面繁荣，城乡一片喜气。有好事者倡议：今年放放焰火！东西南北四城，都放！一台七套，四七二十八套。陶家独家承做了十四套——其余的，他匀给别的同行了。

四城的焰火错开了日子——为的是人们可以轮流赶着去看。东城定在七月十五。地点：阴城。

这天天气特别好。万里无云，一天皓月。阴城的正中，立起一个四丈多高的架子。有人早早吃了晚饭，就扛了板凳来等着了。各种卖小吃的都来了。卖牛肉高粱酒的，卖回卤豆腐干的，卖五香花生米、芝麻灌香糖的，卖豆腐脑的，卖煮荸荠的，还有卖河鲜——卖紫皮鲜菱角和新剥鸡头米的……到处是“气死风”的四角玻璃灯，到处是白蒙蒙的热气、香喷喷的茴香八角气味。人们寻亲访友，说短道长，来来往往，亲亲热热。阴城的草都被踏倒了。人们的鞋底也叫秋草的浓汁磨得滑溜溜的。

忽然，上万双眼睛一齐朝着一个方向看。人们的眼睛一会儿睁大，一会儿眯细；人们的嘴一会儿张开，一会儿又合上；一阵阵叫喊，一阵阵欢笑，一阵阵掌声。——陶虎臣点着了焰火了！

这种花盒子是有一点简单的故事情节的。最热闹的是“炮打泗州城”。起先是梅、兰、竹、菊四种花，接着是万花齐放。万花齐放之后，有一个间歇，木架子下面黑黑的，有人以为这一套已经放完了。不料一声炮响，花盒子又落下一层，照眼的灯球之中有一座四方的城，眼睛好的还能看见城门上“泗州”两个字（不知道为什么是泗州而不是别的城）。城外向里打炮，城里向外打，灯球飞舞，砰磅有声。最有趣的是“芦蜂追癞子”，这是一个喜剧性的焰火。一阵火花之后，出现一个人——一个泥头的纸人，这人是个癞痢头，手里拿着一把破芭蕉扇。霎时间飞来了许多马蜂，这些马蜂——火花，纷纷扑向癞痢头，癞痢头四面躲闪，手里的芭蕉扇不停地挥舞起来。看到这里，满场大笑。这些辛苦得近于麻木的人，是难得这样开怀一笑的呀。最后一套是平平常常的，只是一阵火花之后，扑鲁扑鲁吊下四个大字：“天下太平”。字是灯球组成的。虽然平淡，人们还是舍不得离开。火光炎炎，逐渐消隐，这时才听到人们呼唤：

“二丫头，回家咧！”

“四儿，你在哪儿哪？”

“奶奶，等等我，我鞋掉了！”

人们摸摸板凳，才知道：呀，露水下来了。

靳彝甫捉到一只蟹壳青蟋蟀。消息很快就传开了。每天有人提了几罐蟋蟀来斗。都不是对手，而且都只是一个回合就分胜负。这只蟹壳青的打法很特别。它轻易不开牙，只是不动声色，稳稳地站着。突然扑上去，一口就咬破对方的肚子（据说蟋蟀的打法各有自己的风格，这种咬肚子的打法是最厉害的）。它曜曜地叫起来，上下摆动它的触须，就像戏台上的武生耍翎子。负伤的败将，怎么下“探子”[①]，也再不敢回头。于是有人怂恿他到兴化去。兴化养蟋蟀之风很盛，每年秋天有一个斗蟋蟀的集会。靳彝甫被人们说得心动了。王瘦吾、陶虎臣给他凑了一笔路费和赌本，他就带了几罐蟋蟀，搭船走了。

斗蟋蟀也像摔跤、击拳一样，先要约约运动员的体重。分量相等，才能入盘开斗。如分量低于对方而自愿下场者，听便。

没想到，这只蟋蟀给他赢了四十块钱。——四十块钱相当于一个小学教员两个月的薪水！靳彝甫很高兴，在如意楼定了几个菜，约王瘦吾、陶虎臣来喝酒。

（这只身经百战的蟋蟀后来在冬至那天寿终了，靳彝甫特地打了

①探子是刺激蟋蟀的斗志用的。北方多用猪鬃；南方多用四杈草掰成细须，九蒸九晒。

一个小小的银棺材，送到阴城埋了。）

没喝几杯，靳彝甫的孩子拿了一张名片，说是家里来了客。靳彝甫接过名片一看：“季匋民”！

“他怎么会来找我呢？”

季匋民是一县人引为骄傲的大人物。他是个名闻全国的大画家，同时又是大收藏家，大财主，家里有好田好地，宋元名迹。他在上海一个艺术专科大学当教授，平常难得回家。

“你回去看看。”

“我少陪一会。”

季匋民和靳彝甫都是画画的，可是气色很不一样。此人面色红润，双眼有光，浓黑的长髯，声音很洪亮。衣着很随便，但质料很讲究。

“我冒造宝府，唐突得很。”

“哪里哪里。只是我这寒舍，实在太小了。”

“小，而雅，比大而无当好！”

寒暄之后，季匋民说明来意：听说彝甫有几块好田黄，特地来看看。靳彝甫捧了出来，他托在手里，一块一块，仔仔细细看了。“好——好——好。匋民平生所见田黄多矣，像这样润的，少。”他估了估价，说按时下行情，值二百洋。有文三桥边款的一块就值一百。他很直率地问靳彝甫肯不肯割爱。靳彝甫也很直率地回答：“不到山穷水尽，不能舍此性命。”

“好！这像个弄笔墨的人说的话！既然如此，匋民绝不夺人之所爱。不过，如果你有一天想出手，得先尽我。”

“那可以。”

“一言为定。”

“一言为定。”

买卖不成，季匋民倒也没有不高兴。他又提出想看看靳彝甫家藏的画稿。靳彝甫祖父的、父亲的。——靳彝甫本人的，他也想看看。他看得很入神，拍着画案说：

“令祖，令尊，都被埋没了啊！吾乡固多才俊之士，而皆困居于蓬牖之中，声名不出于里巷，悲哉！悲哉！”

他看了靳彝甫的画，说：

“彝甫兄，我有几句话……”

“您请指教。”

“你的画，家学渊源。但是，有功力，而少境界。要变！山水，暂时不要画。你见过多少真山真水？人物，不要跟在改七芗、费晓楼后面跑。倪墨耕尤为甜俗。要越过唐伯虎，直追两宋南唐。我奉赠你两个字：古，艳。比如这张杨妃出浴，披纱用洋红，就俗。用朱红，加一点紫！把颜色搞得重重的！脸上也不要这样干净，给她贴几个花子！——你是打算就这样在家乡困着呢？还是想出去闯闯呢？出去，走走，结识一些大家，见见世面！到上海，那里人才多！”

他建议靳彝甫选出百十件画，到上海去开一个展览会。他认识朵云轩，可以借他们的地方。他还可以写几封信给上海名流，请他们为靳彝甫吹嘘吹嘘。他还嘱咐靳彝甫，卖了画，有了一点钱，要做两件事：读万卷书，行万里路。最后说：

“我今天很高兴。看了令祖、令尊的画稿，偷到不少东西。——

我把它化一化，就是杰作！哈哈哈哈……”

这位大画家就这样疯疯癫癫、哈哈大笑着，提了他的筇竹杖，一阵风似的走了。

靳彝甫一边卷着画，一边想：季匋民是见得多。他对自己的指点，很有道理，很令人佩服。但是，到上海，开展览会，结识名流……唉，有钱的名士的话怎么能当得真呢！他笑了。

没想到，三天之后，季匋民真的派人送来了七八封朱丝栏玉版宣的八行书。

靳彝甫的画展不算轰动，但是卖出去几十张画。那张在季匋民授意之下重画的杨妃出浴，一再有人重订。报上发了消息，一家画刊还选了他两幅画。这都是他没有想到的。王瘦吾和陶虎臣在家乡看到报，很替他高兴：“彝甫出了名了！”

卖了画，靳彝甫真的按照季匋民的建议，“行万里路”去了。一去三年，很少来信。

这三年啊！

王瘦吾的草帽厂生意很好。草帽没个什么讲究，买的人只是一图个结实，二图个便宜。他家出的草帽是就地产销，省了来回运费，自然比外地来的便宜得多。牌子闯出去了，买卖就好做。全城并无第二家，那四台哒哒作响的机子，把带着钱想买草帽的客人老远地就吸过来了。

不想遇见一个王伯韬。

这王伯韬是个开陆陈行的。这地方把买卖豆麦杂粮的行叫做陆陈行。人们提起陆陈行，都暗暗摇头。做这一行的，有两大特点：其一，是资本雄厚，大都兼营别的生意，什么买卖赚钱，他们就开什么买卖，眼尖手快。其二，都是流氓——都在帮。这城里发生过几起大规模的斗殴，都是陆陈行挑起的。打架的原因，都是抢行霸市。这种人一看就看得出来。他们的衣着和一般的生意人就不一样。不论什么时候，长衫里面的小褂的袖子总翻出很长的一截。料子也是老实商人所不用的。夏天是格子纺，冬天是法兰绒。脚底下是黑丝袜，方口的黑纹皮面的硬底便鞋。王伯韬和王瘦吾是同宗，见面总是"瘦吾兄"长，"瘦吾兄"短。王瘦吾不爱搭理他，尽可能地躲着他。

谁知偏偏躲不开，而且天天要见面。王伯韬也开了一家草帽厂，就在王瘦吾的草帽厂的对门！他新开的草帽厂有八台机子，八个师傅，门面、柜台，一切都比王瘦吾的大一倍。

王伯韬真是不顾血本，把批发、零售价都压得极低。王瘦吾算算，这样的定价，简直无利可图。他不服这口气，也随着把价钱落下来。

王伯韬坐在对面柜台里，还是满脸带笑，"瘦吾兄"长，"瘦吾兄"短。

王瘦吾撑了一年，实在撑不住了。

王伯韬放出话来："瘦吾要是愿意把四台机子让给我，他多少钱买的，我多少钱要！"

四台机子，连同库存的现货，辫子，全部倒给了王伯韬。王瘦吾气得生了一场重病。一病一年多。卖机子的钱、连同小绒线店的底本，全变成了药渣子，倒在门外的街上了。

好不容易，能起来坐一坐，出门走几步了。可是人瘦得像一张纸，一阵风吹过，就能倒下。

陶虎臣呢?

头一年，因为四乡闹土匪，连城里都出了几起抢案，县政府和当地驻军联名出了一张布告：“冬防期间，严禁燃放鞭炮。”炮仗店平时生意有限，全指着年下。这一冬防，可把陶虎臣防苦了。且熬着，等明年吧。

明年！蒋介石搞他娘的“新生活”①，根本取缔了鞭炮。城里几家炮仗店统统关了张。陶虎臣别无产业，只好做一点“黄烟子”和蚊烟混日子。“黄烟子”也像是个炮仗，只是里面装的不是火药而是雄黄，外皮也是黄的。点了捻子，不响，只是从屁股上冒出一股黄烟，能冒半天。这种东西，端午节人家买来，点着了扔在床脚柜底熏五毒；孩子们把黄烟屁股抵在板壁上写“虎”字。蚊烟是在一个皮纸的空套里装上锯末，加一点芒硝和鳝鱼骨头，盘成一盘，像一条蛇。这东西点起来味道很呛，人和蚊子都受不了。这两种东西，本来是炮仗店附带做做的，靠它赚钱吃饭，养家活口，怎么行呢？——一年有几个端午节？蚊子也不是四季都有啊！

第三年，陶家炮仗店的铺闼子门②下了一把牛鼻子铁锁，再也打不

---

①“新生活”是蒋介石搞的“新生活”运动，提倡“礼义廉耻”，到处刷写着“礼义廉耻，国之四维。四维不张，国乃灭亡”；限制行人靠左边走；废除作揖，改行握手；禁止燃放鞭炮等等。总之，大家都过新生活，不许过旧生活！

②这地方店铺的门一般都是一块一块狭长的门板，上在门坎的槽里，称为“铺闼子”。

开了。陶家的锅，也揭不开了。起先是喝粥——喝稀粥，后来连稀粥也喝不成了。陶虎臣全家，已经饿了一天半。

有那么一个缺德的人敲开了陶家的门。这人姓宋，人称宋保长，他是什么事都干得出来，什么钱也敢拿的。他来做媒了。二十块钱，陶虎臣把女儿嫁给了一个驻军的连长。这连长第二天就开拔。他倒什么也不挑，只要是一个黄花闺女。陶虎臣跳着脚大叫："不要说得那么好听！这不是嫁！这是卖！你们到大街去打锣喊叫：我陶虎臣卖女儿！你们喊去！我不害臊！陶虎臣！你是个什么东西！陶虎臣！我操你八辈祖奶奶！你就这样没有能耐呀！"女儿的妈和弟弟都哭。女儿倒不哭，反过来劝爹："爹！爹！您别这样！我愿意！——真的！爹！我真的愿意！"她朝上给爹妈磕了头，又趴在弟弟的耳边说了一句话。这一句话是："饿的时候，忍着，别哭。"弟弟直点头。女儿走到爹床前，说了声："爹！我走啦！您保重！"陶虎臣脸对墙躺着，连头都没有回。他的眼泪哗哗地往下淌。

两个半月过去了。陶家一直就花这二十块钱。二十块钱剩得不多了，女儿回来了。妈脱下女儿的衣服一看，什么都明白了：这连长天天打她。女儿跟妈妈偷偷地说："妈，我过上了他的脏病。"

岁暮天寒，彤云酿雪，陶虎臣无路可走，他到阴城去上吊。

他没有死成。他刚把腰带拴在一棵树上，把头伸进去，一个人拦腰把他抱住，一刀砍断了腰带。这人是住在财神庙的那个侉子。

靳彝甫回来了。他一到家，听说陶虎臣的事，连脸都没洗，拔脚就往陶家去。陶虎臣躺在一领破芦席上，拥着一条破棉絮。靳彝甫掏出五块钱来，说："虎臣，我才回来，带的钱不多，你等我一天！"

跟脚，他又奔王瘦吾家。瘦吾也是家徒四壁了。他正在对着空屋发呆。靳彝甫也掏出五块钱，说："瘦吾，你等我一天！"

第三天，靳彝甫约王瘦吾、陶虎臣到如意楼喝酒。他从内衣口袋里掏出两封洋钱，外面裹着红纸。一看就知道，一封是一百。他在两位老友面前，各放了一封。

"先用着。"

"这钱——？"

靳彝甫笑了笑。

那两个都明白了：彝甫把三块田黄给季匋民送去了。

靳彝甫端起酒杯说："咱们今天醉一次。"

那两个同意。

"好，醉一次！"

这天是腊月三十。这样的时候，是不会有人上酒馆喝酒的。如意楼空荡荡的，就只有这三个人。

外面，正下着大雪。

据说他是靠八千钱起家的，所以大家背后叫他八千岁。八千钱是八千个制钱，即八百枚当十的铜元。当地以一百铜元为一吊，八千钱也就是八吊钱。按当时银钱市价，三吊钱兑换一块银元，八吊钱还不到两块七角钱。两块七角钱怎么就能起了家呢？为什么整整是八千钱，不是七千九，不是八千一？这些，谁也不去追究，然而死死地认定了他就是八千钱起家的，他就是八千岁！

他如果不是一年到头穿了那样一身衣裳，也许大家就不会叫他八千岁了。他这身衣裳，全城无二。无冬历夏，总是一身老蓝布。这种老蓝布是本地土织，本地的染坊用蓝靛染的。染得了，还要由一个师傅双脚分叉，站在一个U字形的石碾上，来回晃动，加以碾砑，然后摊在河边空场上晒干。自从有了阴丹士林，这种老蓝布已经不再生产，乡下还有时能够见到，城里几乎没有人穿了。蓝布长衫，蓝布夹袍，蓝布棉袍，他似乎做得了这几套衣服，就没有再添置过。年复一年，老是这几套。有些地方已经洗得露了白色的经纬，而且打了许多补丁。衣服的款式也很特别，长度一律离脚面一尺。这种才能盖住膝盖的长衫，从前倒是有过，叫做“二马裾”。这些年长衫兴长，穿着拖齐脚面的铁灰洋绉时式长衫的年轻的“油儿”，看了八千岁的这身二马裾，觉得太奇怪了。八千岁有八千岁的道理，衣取蔽体，下面的一截没有用处，要那么长干什么？八千岁生得大头大脸，大鼻子大嘴，大手大脚，终年穿着二马裾，任人观看，心安理得。

他的儿子跟他长得一模一样，只是比他小一号，也穿着一身老蓝布的二马裾，只是老蓝布的颜色深一些，补丁少一些。父子二人在店堂里一站，活脱是大小两个八千岁。这就更引人注意了。八千岁这个名字也就更被人叫得死死的。

大家都知道八千岁现在很有钱。

八千岁的米店看起来不大，门面也很暗淡。店堂里一边是几个米囤子，囤里依次分别堆积着“头糙”“二糙”“三糙”“高尖”。头糙是只碾一道，才脱糠皮的糙米，颜色紫红。二糙较白。三糙更白。高尖则是雪白发亮几乎是透明的上好精米。四个米囤，由红到白，各有不同的买主。头糙卖给挑箩把担卖力气的，二糙三糙卖给住家铺户，高尖只少数高门大户才用。一般人家不是吃不起，只是觉得吃这样的米有点“作孽”。另外还有两个小米囤，一囤糯米；一囤晚稻香粳——这种米是专门煮粥用的。煮出粥来，米长半寸，颜色浅碧如碧螺春茶，香味浓厚，是东乡三垛特产，产量低，价极昂。这两种米平常是没有人买的，只是既是米店，不能不备。另外一边是柜台，里面有一张账桌，几把椅子。柜台一头，有一块竖匾，白地子，上漆四个黑字，道是：“食为民天”。竖匾两侧，贴着两个字条，是八千岁的手笔。年深日久，字条的毛边纸已经发黑，墨色分外浓黑。一边写的是“僧道无缘”，一边是“概不做保”。这地方每年总有一些和尚来化缘（道士似无化缘一说），背负一面长一尺、宽五寸的木牌，上画护法韦驮，敲着木鱼，走到较大铺户之前，总可得到一点布施。这些和尚走到八千岁门前，一看“僧道无缘”四个字，也就很知趣地走开了。不但僧道无缘，连叫花子也“概不打发”。叫花子知道不管怎样软磨硬泡，也不能从八千岁身上拔下一根毛来，也就都“别处发财”，省得白费工夫。中国不知从什么时候兴了铺保制度。领营业执照、向银行贷款，取一张“仰沿路军警一体放行，妥加保护”的出门护照，甚至有些私立学校填写入学志愿书，都要有两家“殷实铺保”。吃了官司，结案时要“取保释放”。因此一般“殷实”一些的店铺就有为人做保的义务。铺保不过是个名义，但也有时惹下一些麻烦。有的被保的人出了问题，官方警方不急于追究本人，却跟做保的店铺纠缠不休，目的无非是敲一笔竹杠。八千岁可不愿惹这种麻烦。“僧道无缘”“概不做保”的店铺不止八千岁一家，然而八千岁如此，就不免引起路人侧目，同行议论。

八千岁米店的门面虽然极不起眼，“后身”可是很大。这后身本是夏家祠堂。夏家原是望族。他们聚族而居的大宅子的后面有很多大树，有合抱的大桂花，还有一湾流水，景色幽静，现在还被人称为夏家花园，但房屋已经残破不堪了。夏家败落之后，就把祠堂租给了八千岁。朝南的正屋里一长溜祭桌上还有许多夏家的显考显妣的牌位。正屋前有两棵柏树。起初逢清明，夏家的子孙还来祭祖，这几年来都不来了，那些刻字涂金的牌位东倒西歪，上面落了好多鸽子粪。这个大祠堂的好处是房屋都很高大，还有两个极大的天井，都是青砖铺的。那些高大房屋，正好当作积放稻子的仓廒，天井正好翻晒稻子。祠堂的侧门临河，出门就是码头。这条河四通八达，运粮极为方便。稻船一到，侧门打开，稻子可以由船上直接挑进仓里，这可以省去许多长途挑运的脚钱。

本地的米店实际是个粮行。单靠门市卖米，油水不大。一多半是靠做稻子生意，秋冬买进，春夏卖出，贱入贵出，从中取利。稻子的来源有二。有的是城中地主寄存的。这些人家收了租稻，并不过目，直接送到一家熟识的米店，由他们代为经营保管。要吃米时派个人去叫几担，要用钱时随时到柜上支取，年终结账，净余若干，报一总数。剩下的钱，大都仍存柜上。这些人家的大少爷，是连粮价也不知道的，一切全由米店店东经手。粮钱数目，只是一本良心账。另一来源，是店东自己收购的。八千岁每年过手到底有多少稻子，他是从来不说的，但是这瞒不住人。瞒不住同行，瞒不住邻居，尤其瞒不住挑夫的眼睛。这些挑夫给各家米店挑稻子，一眼估得出哪家的底子有多厚。他们说：八千岁是一只螃蟹，有肉都在壳儿里。他家仓廒里的堆稻的“窝积”挤得轧满，每一积都堆到屋顶。

另一件瞒不住人的事，是他有一副大碾子，五匹大骡子。这五匹骡子，单是那两匹大黑骡子，就是头三年花了八百现大洋从宋侉子手里一次买下来的。

宋侉子是个怪人。他并不侉。他是本城土生土长，说的也是地地道道的本地话。本地人把行为乖谬，悖乎常理，而又身材高大的人，都叫做侉子（若是身材瘦小，就叫做蛮子）。宋侉子不到二十岁就被人称为侉子。他也是个世家子弟，从小爱胡闹，吃喝嫖赌，无所不为；花鸟虫鱼，无所不好，还特别爱养骡子养马。父母在日，没有几年，他就把一点祖产挥霍得去了一半。父母一死，就更没人管他了，他干脆把剩下的一半田产卖了，做起了骡马生意。每年出门一两次，到北边去买骡马。近则徐州、山东，远到关东、口外。一半是寻钱，一半是看看北边的风景，吃吃黄羊肉、狍子肉、鹿肉、狗肉。他真也养成了一派侉子脾气。爱吃面食。最爱吃山东的锅盔，牛杂碎，喝高粱酒。酒量很大，一顿能喝一斤。他买骡子买马，不多买，一次只买几匹，但要是好的。花很大的价钱买来，又以很大的价钱卖出。

他相骡子相马有一绝，看中了一匹，敲敲牙齿，捏捏后胯，然后拉着缰绳领起走三圈，突然用力把嚼子往下一拽。他力气很大，一般的骡马禁不起他这一拽，当时就会打一个趔趄。像这样的，他不要。若是纹丝不动，稳若泰山，当面成交，立刻付钱，二话不说，拉了就走。由于他这种独特的选牲口的办法和豪爽性格，使他在几个骡马市上很有点名气。他选中的牲口也的确有劲，耐使，里下河一带的碾坊磨坊很愿意买他的牲口。虽然价钱贵些，细算下来，还是划得来。

那一年，他在徐州用这办法买了两匹大黑骡子，心里很高兴，下到店里，自个儿蹲在炕上喝酒。门帘一掀，进来个人：

“你是宋老大？”

“不敢，贱姓宋。请教？”

“甭打听。你喝酒？”

“哎哎。”

“你心里高兴？”

“哎哎。”

“你买了两匹好骡子？”

“哎哎。就在后面槽上拴着。你老看来是个行家，你给看看。”

“甭看，好牲口！这两匹骡子我认得！——可是你带得回去吗？”

宋侉子一听话里有话，忙问：

“莫非这两匹骡子有什么弊病？”

“你给我倒一碗酒。出去看看外头有没有人。”

原来这是一个骗局。这两匹黑骡子已经转了好几个骡马市，谁看了谁爱，可是没有一个人能把它们带走。这两匹骡子是它们的主人驯熟了的，走出二百里地，它们会突然挣脱缰绳，撒开蹄子就往家奔，没有人追得上，没有人截得住。谁买的，这笔钱算白扔。上当的已经不止一个人。进来的这位，就是其中的一个。

“不能叫这个家伙再坑人！我教你个法子：你连夜打四副铁镣，把它们镣起来。过了清江浦，就没事了，再给它砸开。”

“多谢你老！”

“甭谢！我这是给受害的众人报仇！”

宋侉子把两匹骡子牵回来，来看的人不断。碾坊、磨坊、油坊、糟坊，都想买。一问价钱，就不禁吐了舌头：“乖乖！”八千岁带着儿子小千岁到宋家看了看，心里打了一阵算盘。他知道宋侉子的脾气，一口价，当时就叫小千岁回去取了八百现大洋，一手交钱，一手交货，父子二人，一人牵了一匹，沿着大街，呱嗒呱嗒，走回米店。

这件事轰动全城。一连几个月，宋侉子贩骡子历险记和八千岁买骡子的壮举，成了大家茶余酒后的话题。谈论间自然要提及宋侉子荒唐怪诞的侉脾气和八千岁的二马裾。

每天黄昏，八千岁米店的碾米师傅要把骡子牵到河边草地上遛遛。骡子牵出来，就有一些人围在旁边看。这两匹黑骡子，真够“身高八尺，头尾丈二有余”。有一老者，捋须赞道：“我活这么大，没见过这样高大的牲口！”体子稍矮一点的，得伸手才能够着它的脊梁。浑身黑得像一匹黑缎子。一走动，身上亮光一闪一闪。去看八千岁的骡子，竟成了附近一些居民在晚饭之前的一件赏心乐事。

因为两匹骡子都是黑的，碾米师傅就给它们取了名字，一匹叫大黑子，一匹叫二黑子。这两个名字街坊的小孩子都知道，叫得出。

宋侉子每年挣的钱不少。有了钱，就都花在虞小兰的家里。

虞小兰的母亲虞芝兰是一个姓关的旗人的姨太太。这旗人做过一任盐务道，辛亥革命后在本县买田享福。这位关老爷本城不少人还记得。他的特点是说了一口京片子，走起路来一摇一摆，有点像戏台上的方巾丑，是真正的“方步”。他们家规矩特别大，礼节特别多，男人见人打千儿，女人见人行蹲安，本地人觉得很可笑。虞芝兰是他用四百两银子从北京西河沿南堂子买来的。关老爷死后，大妇不容，虞芝兰就带了随身细软，两箱子字画，领着女儿搬出来住，租的是挨着宜园的一所小四合院。宜园原是个私人花园，后来改成公园。园子不大，但北面是一片池塘，种着不少荷花，池心有一小岛，上面有几间水榭，本地人不大懂得什么叫水榭，叫它“荷花亭子”——其实这几间房子不是亭子；南面有一带假山，沿山种了很多梅花，叫做“梅岭”，冬末春初，梅花盛开，是很好看的；园中竹木繁茂，园外也颇有野趣，地方虽在城中，却是尘飞不到。虞芝兰就是看中它的幽静，才搬来的。

带出来的首饰字画变卖得差不多了，关家一家人已经搬到上海租界去住，没有人再来管她，虞芝兰不免重操旧业。

过了几年，虞芝兰揽镜自照，觉得年华已老，不好意思再扫榻留宾，就洗妆谢客，由女儿小兰接替了她。怕关家人来寻事，女儿随了妈的姓。

宋侉子每年要在虞小兰家住一两个月，朝朝寒食，夜夜元宵。他老婆死了，也不续弦，这里就是他的家。他有个孩子，有时也带了孩子来玩。他和关家算起来有点远亲，小兰叫他宋大哥。到钱花得差不多了，就说一声："我明天有事，不来了"，跨上他的踢雪乌骓骏马，一扬鞭子，没影儿了。在一起时，恩恩义义；分开时，潇潇洒洒。

虞小兰有时出来走走，逛逛宜园。夏天的傍晚，穿了一身剪裁合体的白绸衫裤，拿一柄生丝白团扇，站在柳树下面，或倚定红桥栏杆，看人捕鱼踩藕。她长得像一颗水蜜桃，皮肤非常白嫩，腰身、手、脚都好看。路上行人看见，就不禁放慢了脚步，或者停下来装做看天上的晚霞，好好地看她几眼。他们在心里想：这样的人，这样的命，深深为她惋惜；有人不免想到家中洗衣做饭的黄脸老婆，为自己感到一点不平；或在心里轻轻吟道："牡丹绝色三春暖，不是梅花处士妻"，情绪相当复杂。

虞小兰，八千岁也曾看过，也曾经放慢了脚步。他想：长得是真好看，难怪宋侉子在她身上花了那么多钱。不过为一个姑娘花那么多钱，这值得么？他赶快迈动他的大脚，一气跑回米店。

八千岁每天的生活非常单调。量米。买米的都是熟人，买什么米，一次买多少，他都清楚。一见有人进店，就站起身，拿起量米升子。这地方米店量米兴报数，一边量，一边唱："一来，二来，三来——三升！"量完了，拍拍手——手上沾了米灰，接过钱，摊平了，看看数，回身走进柜台，一扬手，把铜钱丢在钱柜里，在"流水"簿里写上一笔，入头糙三升，钱若干文。看稻样。替人卖稻的客人到店，先要送上货样。店东或洽谈生意的"先生"，抓起一把，放在手心里看看，然后两手合拢搓碾，开米店的手上都有功夫，嚓嚓嚓三下，稻壳就全搓开了；然后吹去糠皮，看看米色，撮起几粒米，放在嘴里嚼嚼，品品米的成色味道。做米店的都很有经验，这是什么品种，三十子，六十子，矮脚籼，吓一跳，一看就看出来。在米店里学生意，学的也就是这些。然后谈价钱，这是好说的，早晚市价，相差无几。卖米的客人知道八千岁在这上头很精，并不跟他多磨嘴。

"前头"没有什么事的时候，他就到后面看看。进了隔开前后的屏门，一边是拴骡子的牲口槽，一边是一副巨大的石碾子。碾坊没有窗户，光线很暗，他欢喜这种暗暗的光。一近牲口槽，就闻到一股骡子粪的味道，他喜欢这种味道。他喜欢看碾米师傅把大黑子或二黑子牵出来。骡子上碾之前照例要撒一泡很长的尿，他喜欢看它撒尿。骡子上了套，石碾子就呼呼地转起来，他喜欢看碾子转，喜欢这种不紧不慢的呼呼的声音。

这二年，大部分米店都已经不用碾子，改用机器轧米了，八千岁却还用这种古典的方法生产。他舍不得这副碾子，舍不得这五匹大骡子。本县也还有些人家不爱吃机器轧的米，说是不香，有人家专门上八千岁家来买米的，他的生意不坏。

然后，去看看师傅筛米。那是一面很大的筛子，筛子有梁，用一根粗麻绳吊在房檩上，筛子齐肩高，筛米师傅就扶着筛子边框，一簸一侧地慢慢地筛。筛米的屋里浮动着细细的细米糠，太阳照进来，空中像挂着一匹一匹白布。八千岁成天和米和糠打交道，还是很喜欢细糠的香味。

然后，去看看仓里的稻积子，看看两个大天井里晒的稻，或拿起“搡子”把稻子翻一遍——他身体结实，翻一遍不觉得累，连师傅们都佩服；或轰一会麻雀。米店稻仓里照例有许多麻雀，叽叽喳喳叫成一片。宋侉子有时在天快黑的时候，拿一把竹枝扫帚拦空一扑，一扫帚能扑下十几只来。宋侉子说这是下酒的好东西，卤熟了还给八千岁拿来过。八千岁可不吃这种东西，这有个什么吃头！

八千岁的食谱非常简单。他家开米店，放着高尖米不吃，顿顿都是头糙红米饭。菜是一成不变的熬青菜——有时放两块豆腐。初二、十六打牙祭，有一碗肉或一盘咸菜煮小鲫鱼。他、小千岁和碾米师傅都一样。有肉时一人可得切得方方的两块。有鱼时一人一条——咸菜可不少，也够下饭了。有卖稻的客人时，单加一个荤菜，也还有一壶酒。客人照例要举杯让一让，八千岁总是举起碗来说：“我饭陪，饭陪！”客菜他不动一筷子，仍是低头吃自己的青菜豆腐。

八千岁的米店的左邻右舍都是制造食品的。左边是一家厨房。这地方有这么一种厨房，专门包办酒席，不设客座。客家先期预订，说明规格，或鸭翅席，或海参席，要几桌。只须点明“头菜”，其余冷盘热菜都有定规，不须吩咐。除了热炒，都是先在家做成半成品，用圆盒挑到，开席前再加汤回锅煮沸。八千岁隔壁这家厨房姓赵，人称赵厨房，连开厨房的也被人叫做赵厨房——不叫赵厨子却叫赵厨房，有点不合文法。赵厨房的手艺很好，能做满汉全席。这满汉全席前清时也只有接官送官时才用，入了民国，再也没有人来订，赵厨房祖传的一套五福拱寿釉红彩的满堂红的细瓷器皿，已经锁在箱子里好多年了。右边是一家烧饼店。这家专做“草炉烧饼”。这种烧饼是一箩到底的粗面做的，做蒂子只涂很少一点油，没有什么层，因为是贴在吊炉里用一把稻草烘熟的，故名草炉烧饼，以别于在桶状的炭炉中烤出的加料插酥的“桶炉烧饼”。这种烧饼便宜，也实在，乡下人进城，爱买了当饭。几个草炉烧饼，一碗宽汤饺面，有吃有喝，就饱了。八千岁坐在店堂里每天听得见左边煎炒烹炸的声音，闻得到鸡鸭鱼肉的香味，也闻得见右边传来的一阵一阵烧饼出炉时的香味，听得见打烧饼的槌子击案的有节奏的声音：定定郭，定定郭，定郭定郭定定郭，定，定，定……

八千岁和赵厨房从来不打交道，和烧饼店每天打交道。这地方有个“吃晚茶”的习惯，每天下午五点来钟要吃一次点心。钱庄、布店，概莫能外。米店因为有出力气的碾米师傅，这一顿“晚茶”万不能省。“晚茶”大都是一碗干拌面——葱花、猪油、酱油、虾籽、虾米为料，面下在里面；或几个麻团、“油墩子”——白铁敲成浅模，浇入稀面，以萝卜丝为馅，入油炸熟。八千岁家的晚茶，一年三百六十日，都是草炉烧饼，一人两个。这里的店铺，有“客人”，照例早上要请上茶馆。“上茶馆”是喝茶，吃包子、蒸饺、烧麦。照例由店里的“先生”或东家作陪。一般都是叫一笼“杂花色”（即各样包点都有），陪客的照例只吃三只，喝茶，其余的都是客人吃。这有个名堂，叫做“一壶三点”。八千岁也循例待客，但是他自己并不吃包点，还是从隔壁烧饼店买两个烧饼带去。所以他不是“一壶三点”，而是“一壶两饼”。他这辈子吃了多少草炉烧饼，真是难以计数了。好像这家烧饼店是专为他而开的。

他不看戏，不打牌，不吃烟，不喝酒。喝茶，但是从来不买“雨前”“雀舌”，泡了慢慢地品啜。他的账桌上有一个“茶壶桶”，里面焐着一壶茶叶棒子泡的颜色混浊的酽茶。吃了烧饼，渴了，就用一个特大的茶缸子，倒出一缸，骨嘟骨嘟一口气喝了下去，然后打一个很响的饱嗝。

他的令郎也跟他一样。这孩子才十六七岁，已经很老成。孩子的那点天真爱好，放风筝、掏蛐蛐、逮蝈蝈、养金铃子，都已经叫严厉的父亲的沉重的巴掌驱逐得一干二净。八千岁到底还是允许他养了几只鸽子。这还是宋侉子求的情。宋侉子拿来几只鸽子，说：“孩子哪儿也不去，你就让他喂几只鸽子玩玩吧。这吃不了多少稻子。你们不养，别人家的鸽子也会来。自己有鸽子，别家的鸽子不就不来了。”米店养鸽子，几乎成为通例，八千岁想了想，说：“好，叫他养！”鸽子逐渐发展成一大群，点子、瓦灰、铁青子、霞白、麒麟，都有。从此夏氏宗祠的屋顶上就热闹起来，雄鸽子围着雌鸽子求爱，一面转圈儿，一面鼓着个嗉子不停地叫着：“咯咯咕，咯咯咯咕……”夏家的显考显妣的头上于是就着了好些鸽子粪。小千岁一有空，就去鼓捣他的鸽子。八千岁有时也去看看，看看小千岁捉住一只宝石眼的鸽子，翻过来，正过去，鸽子眼里的“沙子”就随着慢慢地来回滚动，他觉得这很有趣，而且想：这是怎么回事呢？父子二人，此时此刻，都表现了一点童心。

八千岁那样有钱，又那样俭省，这使许多人很生气。

八千岁万万没有想到，他会碰上一个八舅太爷。

这里的人不知为什么对舅舅那么有意见。把不讲理的人叫做“舅舅”，讲一种胡搅蛮缠的歪理，叫做“讲舅舅理”。

八舅太爷是个无赖浪子，从小就不安分。小学五年级就穿起皮袍子，里面下身却只穿了一条纺绸单裤。上初中的时候，代数不及格，篮球却打得很漂亮，球衣球鞋都非常出众，经常代表校队、县队，到处出风头。初中三年级时曾用这地方出名的土匪徐大文的名义写信恐吓一个大财主，限他几天之内交一百块钱放在土地庙后第七棵柳树的树洞里，如若不然，就要绑他的票。这大财主吓得坐立不安，几天睡不着觉，又不敢去报案，竟然乖乖地照办了。这大财主原来是他的一个同班同学的父亲，常见面的。他知道这老头儿胆小，所以才敲他一下。初中毕业后，他读了一年体育师范，又上了一年美专，都没上完，却在上海入了青帮，门里排行是通字辈，从此就更加放浪形骸，无所不至。他居然拉过几天黄包车。他这车没有人敢坐——他穿了一套铁机纺绸裤褂在拉车！他把车放在会芳里弄堂口或丽都舞厅门外，专拉长三堂子的妓女和舞女。这些妓女和舞女可不在乎，她们心想：倷弗是要白相相吗？格么好，大家白相白相！又不是阎瑞生，怕点啥！后来又进了一个什么训练班，混进了军队，“安清不分远和近，三祖流传到如今”，因为青红帮的关系，结交很多朋友，虽不是黄埔出身，却在军队中很“兜得转”，和冷欣、顾祝同都能拉上关系。

抗战军兴，他随着所在部队调到江北，在里下河几个县轮流转。他手下部队有四营人，名义却是一个独立混成旅。

“八一三”以后，日本人打到扬州，就停下来，暂时不再北进。日本人不来，“国军”自然不会反攻，这局面竟维持了相当长的时间。起初人心惶惶，一夕数惊，到后来大家有点麻木了；竟好像不知道有日本兵就在一二百里之外这回事，大家该做什么还是做什么。种田的种田，做生意的做生意。长江为界，南北货源虽不那么畅通，很多人还可以通过封锁线走私贩运，虽然担点风险，获利却倍于以前。一时间，几个县竟呈现出一种畸形的繁荣，茶馆、酒馆、赌场、妓院，无不生意兴隆。

八舅太爷在这一带真是得其所哉。非常时期，军事第一，见官大一级，他到了哪里就成了这地方的最高军政长官，县长、区长，一传就到。军装给养，小事一桩。什么时候要用钱，通知当地商会一声就是。来了，要接风，叫做“驻防费”，走了，要送行，叫做“开拔费”。间三岔五的，还要现金实物“劳军”。当地人觉得有一支军队驻着，可以壮壮胆，军队不走，就说明日本人不会来，也似乎心甘情愿地孝敬他。他有时也并不麻烦商会，可以随意抓几个人来罚款。他的旅部的小牢房里经常客满。只要他一拍桌子，骂一声“汉奸”，就可以军法从事，把一个人拉出去枪毙。他一到哪里，就把当地的名花包下来，接到公馆里去住。一出来，就是五辆摩托车，他自己骑一辆，前后左右四辆，风驰电掣，穿街过市。城里和乡下的狗一见他的车队来了，赶紧夹着尾巴躲开。他是个霸王，没人敢惹他。他行八，小名叫小八子，大家当面叫他旅长、旅座，背后里叫他八舅太爷。

他这回来，公馆安在宜园。一见虞小兰，相见恨晚。他有时住在虞家，有时把虞小兰接到公馆里去。后来干脆把宜园的墙打通了——虞家和宜园本只一墙之隔，这样进出方便。

他把全城的名厨都叫来，轮流给他做饭。座上客常满，杯中酒不空。他爱唱京戏，时常把县里的名票名媛约来，吹拉弹唱一整天。他还很风雅，爱字画，谁家有好字画古董，他就派人去，说是借去看两天。有借无还。他也不白要你的，会送一张他自己画的画跟你换，他不是上过一年美专么？他的画宗法吴昌硕，大刀阔斧，很有点霸悍之气。他请人刻了两方押角图章，一方是阴文："戎马书生"，一方是阳文："富贵英雄美丈夫"——这是《紫钗记·折柳阳关》里的词句，他认为这是中国文学里最好的词句。他也有一匹乌骓马，他请宋侉子来给他看看，嘱咐宋侉子把自己的踢雪乌骓也带来。千不该万不该，宋侉子不该褒贬了八舅太爷的马。他说："旅长，你这不是真正的踢雪乌骓。真正的踢雪乌骓是只有四个蹄子的前面有一小块白；你这匹，四蹄以上一圈都是白的，这是踏雪乌骓。"八舅太爷听了很高兴，说："有道理！"接着又问："你那匹是多少钱买的？"宋侉子是个外场人，他知道八舅太爷不是要他来相马，是叫他来进马了，反正这匹马保不住了，就顺水推舟，很慷慨地说："旅长喜欢，留着骑吧！"——"那，我怎么谢你呢？我给你画一张画吧！"

宋侉子拿了这张画，到八千岁米店里坐下，喝了一碗茶叶棒泡的酽茶，说不出话来。八千岁劝他："算了，是儿不死，是财不散，看开一点，你就当又在虞小兰家花了一笔钱吧！”宋侉子只好苦笑。

没想到，过了两天，八舅太爷派了两个兵把八千岁“请”去了。当这两个兵把八千岁铐上，推出店门时，八千岁只来得及跟儿子说一句：“赶快找宋大伯去要主意！”

宋侉子找到八舅太爷的秘书了解一下，案情相当严重，是“资敌”。八千岁有几船稻子，运到仙女庙去卖，被八舅太爷的部下查获了。仙女庙是敌占区。“资敌”就是汉奸，汉奸是要枪毙的。宋侉子知道罪不至此。仙女庙是粮食集散中心，本地贩粮至仙女庙，乃是常例，“抗战军兴”，未尝中断。不过别的粮商都是事前运动，打通关节，拿到“准予放行”的执照的，八千岁没有花这笔钱，八舅太爷存心找他的碴，所以他就触犯了军法。宋侉子知道这是非花钱不能了事的，就转弯抹角地问秘书，若是罚款，该罚多少。秘书说：“旅座的意思，至少得罚一千现大洋。”宋侉子说：“他拿不出来。你看看他穿的这身二马裾！”秘书说：“包子有肉，不在褶儿上。他拿得出，我们了解。你可以见他本人谈谈！”

宋侉子见了八千岁，劝他不要舍命不舍财，这个血是非出不可的。八千岁问：“能不能少拿一点？”宋侉子叫他拿出一百块钱送给虞芝兰，托虞小兰跟八舅太爷说说，八千岁说：“你作主吧。我一辈子就你这么个信得过的朋友！”说着就落了两滴眼泪。宋侉子心里也酸酸的。

虞小兰替八千岁说了两句好话：“这个人一辈子省吃俭用，也怪可怜的。”八舅太爷说：“那好！看你的面子，少要他二百！他叫八千岁，要他八百不算多。他肯花八百块钱买两匹骡子，还不能花八百块钱买一条命吗！叫他找两个铺保，带了钱，到旅部领人。少一个，不行！”

宋侉子说了好多好话，请了八千岁的两个同行，米店的张老板、李老板出面做保，带了八百现大洋，签字画押，把八千岁保了出来。张老板、李老板陪着八千岁出来，劝他：

“算了，是儿不死，是财不散。不就是八百块钱吗？看开一点。破财免灾，只当生了一场夹气伤寒。”

八千岁心里想：不是八百，是九百！不过回头想想，毕竟少花了一百，又觉得有些欣慰，好像他凭空捡到一百块钱似的。

八舅太爷敲了八千岁一杠子，是有精神上和物质上两方面理由的。精神上，他说：“我平生最恨俭省的人，这种人都该杀！”物质上，他已经接到命令，要调防，和另外一位舅太爷换换地方，他要“别姬”了，需要用一笔钱。这八百块钱，六百要给虞小兰买一件西狐肷的斗篷，好让她冬天穿了在宜园梅岭踏雪赏梅；二百，他要办一桌满汉全席，在水榭即荷花亭子里吃它一整天，上午十点钟开席，一直吃到半夜！

八舅太爷要办满汉全席的消息传遍全城，大家都很感兴趣，因为这是多年没有的事了。八千岁证实这消息可靠，因为办席的就是他的紧邻赵厨房。赵厨房到他的米店买糯米，他知道这是做火腿烧麦馅子用的；还买香粳米，这他就不解了。问赵厨房：“这满汉全席还上稀粥？”赵厨房说：满汉全席实际上满点汉菜，除了烧烤，有好几道满州饽饽，还要上几道粥，旗人讲究喝粥，莲子粥、苡米粥、芸豆粥……”“有多少道菜？”——“可多可少，八舅太爷这回是一百二十道。”——“啊？！”——“你没事过来瞧瞧。”

八千岁真还过去看了看：烧乳猪、叉子烤鸭、八宝鱼翘、鸽蛋燕窝……赵厨房说：“买不到鸽子蛋，就这几个，太少了！”八千岁说：“你要鸽子蛋，我那里有！”八千岁真是开了眼了，一面看，一面又掉了几滴泪，他想：这是吃我哪！

八千岁用一盆水把“食为民天”旁边的“概不做保”的字条闷了闷，刮下来。他这回是别人保出来的，以后再拒绝给别人做保，这说不过去。刮掉了，觉得还留着一条“僧道无缘”也没多少意思，而且单独一条，也不好看，就把“僧道无缘”也刮掉了。

八千岁做了一身阴丹士林的长袍，长短与常人等，把他的老蓝布二马裾换了下来。他的儿子也一同换了装。

吃晚茶的时候，儿子又给他拿了两个草炉烧饼来，八千岁把烧饼往账桌上一拍，大声说：

“给我去叫一碗三鲜面！”

鉴赏家

全县第一个大画家是季匋民，第一个鉴赏家是叶三。

叶三是个卖果子的。他这个卖果子的和别的卖果子的不一样。不是开铺子的，不是摆摊的，也不是挑着担子走街串巷的。他专给大宅门送果子。也就是给二三十家送。这些人家他走得很熟，看门的和狗都认识他。到了一定的日子，他就来了。里面听到他敲门的声音，就知道：是叶三。挎着一个金丝篾篮，篮子上插一把小秤，他走进堂屋，扬声称呼主人。主人有时走出来跟他见见面，有时就隔着房门说话。“给您称——？”——“五斤”。什么果子，是看也不用看的，因为到了什么节令送什么果子都是一定的。叶三卖果子从不说价。买果子的人家也总不会亏待他。有的人家当时就给钱，大多数是到节下（端午、中秋、新年）再说。叶三把果子称好，放在八仙桌上，道一声“得罪”，就走了。他的果子不用挑，个个都是好的。他的果子的好处，第一是得四时之先。市上还没有见这种果子，他的篮子里已经有了。第二是都很大，都均匀，很香，很甜，很好看。他的果子全都从他手里过过，有疤的、有虫眼的、挤筐、破皮、变色、过小的全都剔下来，贱价卖给别的果贩。他的果子都是原装；有些是直接到产地采办来的，都是“树熟”——不是在米糠里闷熟了的。他经常出外，出去买果子比他卖果子的时间要多得多。他也很喜欢到处跑。四乡八镇，哪个园子里，什么人家，有一棵什么出名的好果树，他都知道，而且和园主打了多年交道，熟得像是亲家一样了。——别的卖果子的下不了这样的功夫，也不知道这些路道。到处走，能看很多好景致，知道各地乡风，可资谈助，对身体也好。他很少得病，就是因为路走得多。

立春前后，卖青萝卜。“棒打萝卜”，摔在地下就裂开了。杏子、桃子下来时卖鸡蛋大的香白杏，白得像一团雪，只嘴儿以下有一根红线的“一线红”蜜桃。再下来是樱桃，红的像珊瑚，白的像玛瑙。端午前后，枇杷。夏天卖瓜。七八月卖河鲜：鲜菱、鸡头、莲蓬、花下藕。卖马牙枣、卖葡萄。重阳近了，卖梨：河间府的鸭梨、莱阳的半斤酥，还有一种叫做“黄金坠子”的香气扑人个儿不大的甜梨。菊花开过了，卖金橘，卖蒂部起脐子的福州蜜橘。入冬以后，卖栗子、卖山药（粗如小儿臂）、卖百合（大如拳）、卖碧绿生鲜的檀香橄榄。

他还卖佛手、香橼。人家买去，配架装盘，书斋清供，闻香观赏。

不少深居简出的人，是看到叶三送来的果子，才想起现在是什么节令了的。

叶三卖了三十多年果子，他的两个儿子都成人了。他们都是学布店的，都出了师了。老二是三柜，老大已经升为二柜了。谁都认为老大将来是会升为头柜，并且会当管事的。他天生是一块好材料。他是店里头一把算盘，年终结总时总得由他坐在账房里哔哔剥剥打好几天。接待厂家的客人，研究进货（进货是个大学问，是一年的大计，下年多进哪路货，少进哪路货，哪些必须常备，哪些可以试销，关系全年的盈亏），都少不了他。老二也很能干。量尺、撕布（撕布不用剪子开口，两手的两个指头夹着，借一点巧劲，嗤——的一声，布就撕到头了），干净利落。店伙的动作快慢，也是一个布店的招牌。顾客总愿意从手脚麻利的店伙手里买布。这是天分，也靠练习。有人就一辈子都是迟钝笨拙，改不过来。不管干哪一行，都是人比人，这是没有办法的事。弟兄俩都长得很神气，眉清目秀，不高不矮。布店的店伙穿得都很好。什么料子时新，他们就穿什么料子。他们的衣料当然是价廉物美的。他们买衣料是按进货价算的，不加利润；若是零头，还有折扣。这是布店的规矩，也是老板乐为之的，因为店伙穿得时髦，也是给店里装门面的事。有的顾客来买布，常常指着店伙的长衫或翻在外面的短衫的袖子："照你这样的，给我来一件。"

弟兄俩都已经成了家，老大已经有一个孩子——叶三抱孙子了。

这年是叶三五十岁整生日，一家子商量怎么给老爷子做寿。老大老二都提出爹不要走宅门卖果子了，他们养得起他。

叶三有点生气了：

"嫌我给你们丢人？两位大布店的'先生'，有一个卖果子的老爹，不好看？"

儿子连忙解释：

"不是的。你老人家岁数大了，老在外面跑，风里雨里，水路旱路，做儿子的心里不安。"

"我跑惯了。我给这些人家送惯了果子。就为了季四太爷一个人，我也得卖果子。"

季四太爷即季匋民。他大排行是老四，城里人都称之为四太爷。

“你们也不用给我做什么寿。你们要是有孝心，把四太爷送我的画拿出去裱了，再给我打一口寿材。”这里有这样一种风俗，早早就把寿材准备下了，为的讨个吉利：添福添寿。于是就都依了他。

叶三还是卖果子。

他真是为了季匋民一个人卖果子的。他给别人家送果子是为了挣钱，他给季匋民送果子是为了爱他的画。

季匋民有一个脾气，一边画画，一边喝酒。喝酒不就菜，就水果。画两笔，凑着壶嘴喝一大口酒，左手拈一片水果，右手执笔接着画。画一张画要喝二斤花雕，吃斤半水果。

叶三搜罗到最好的水果，总是首先给季匋民送去。

季匋民每天一起来就走进他的小书房——画室。叶三不须通报，由一个小六角门进去，走过一条碎石铺成的冰花曲径，隔窗看见季匋民，就提着、捧着他的鲜果走进去。

“四太爷，枇杷，白沙的！”

“四太爷，东墩的西瓜，三白！——这种三白瓜有点梨花香味，别处没有！”

他给季匋民送果子，一来就是半天。他给季匋民磨墨。漂朱膘、研石青石绿、抻纸。季匋民画的时候，他站在旁边很入神地看，专心致意，连大气都不出。有时看到精彩处，就情不自禁地深深吸一口气，甚至小声地惊呼起来。凡是叶三吸气、惊呼的地方，也正是季匋民的得意之笔。季匋民从不当众作画，他画画有时是把书房门锁起来的。对叶三可例外，他很愿意有这样一个人在旁边看着，他认为叶三真懂，叶三的赞赏是出于肺腑，不是假充内行，也不是谀媚。

季匋民最讨厌听人谈画。他很少到亲戚家应酬。实在不得不去的，他也是到一到，喝半盏茶就道别。因为席间必有一些假名士高谈阔论。因为季匋民是大画家，这些名士就特别爱在他面前评书论画，借以卖弄自己高雅博学。这种议论全都是道听途说，似通不通。季匋民听了，实在难受。他还知道，他如果随声答应，应付几句，某一名士就会在别的应酬场所重贩他的高论，且说："兄弟此言，季匋民亦深为首肯。"

但是他对叶三另眼相看。

季匋民最佩服李复堂[①]。他认为扬州八怪里李复堂功力最深，大幅小品都好，有笔有墨，也奔放，也严谨，也浑厚，也秀润，而且不装模作样，没有江湖气。有一天叶三给他送来四开李复堂的册页，使季匋民大吃一惊：这四开册页是真的！季匋民问他是多少钱买的，叶三说没花钱。他到三垛贩果子，看见一家的柜橱的玻璃里镶了四幅画，他在四太爷这里看过不少李复堂的画，能辨认，他用四张"苏州片"[②]跟那家换了。"苏州片"花花绿绿的，又是簇新的，那家还很高兴。

叶三只是从心里喜欢画，他从不瞎评论。季匋民画完了画，钉在壁上，自己负手远看，有时会问叶三：

---

①李复堂，名鱓，字宗扬，复堂是他的号，又号懊道人。他是康熙年间的举人，当过滕县知县，因为得罪上级，功名和官都被革掉了，终年只作画师。他作画有时得向郑板桥去借纸，大概是相当穷困的。他本画工笔，是宫廷画家蒋廷锡的高足。后到扬州，改画写意，师法高其佩，受徐青藤、八大、石涛的影响，风度大变，自成一家。

②仿旧的画，多为工笔花鸟，设色娇艳，旧时多为苏州画工所作，行销各地，故称"苏州片"。苏州片也有仿制得很好的，并不俗气。

"好不好？"

"好！"

"好在哪里？"

叶三大都能一句话说出好在何处。

季匋民画了一幅紫藤，问叶三。

叶三说："紫藤里有风。"

"唔！你怎么知道？"

"花是乱的。"

"对极了！"

季匋民提笔题了两句词：

深院悄无人，风拂紫藤花乱。

季匋民画了一张小品，老鼠上灯台。叶三说："这是一只小老鼠。"

"何以见得。"

"老鼠把尾巴卷在灯台柱上。它很顽皮。"

"对！"

季匋民最爱画荷花。他画的都是墨荷。他佩服李复堂，但是画风和复堂不似。李画多凝重，季匋民飘逸。李画多用中锋，季匋民微用侧笔——他写字写的是章草。李复堂有时水墨淋漓，粗头乱服，意在笔先；季匋民没有那样的恣悍，他的画是大写意，但总是笔意俱到，收拾得很干净，而且笔致疏朗，善于利用空白。他的墨荷参用了张大千，但更为舒展。他画的荷叶不勾筋，荷梗不点刺，且喜作长幅，荷梗甚长，一笔到底。

有一天，叶三送了一大把莲蓬来，季匋民一高兴，画了一幅墨荷，好些莲蓬。画完了，问叶三：“如何？”

叶三说：“四太爷，你这画不对。”

“不对？”

“‘红花莲子白花藕’。你画的是白荷花，莲蓬却这样大，莲子饱，墨色也深，这是红荷花的莲子。”

“是吗？我头一回听见！”

季匋民于是展开一张八尺生宣，画了一张红莲花，题了一首诗：

红花莲子白花藕，
果贩叶三是我师。
惭愧画家少见识，
为君破例著胭脂。

季匋民送了叶三很多画。——有时季匋民画了一张画，不满意，团掉了。叶三捡起来，过些日子送给季匋民看看，季匋民觉得也还不错，就略改改，加了题，又送给了叶三。季匋民送给叶三的画都是题了上款的。叶三也有个学名。他五行缺水，起名润生。季匋民给他起了个字，叫泽之。送给叶三的画上，常题“泽之三兄雅正”。有时径题“画与叶三”。季匋民还向他解释：以排行称呼，是古人风气，不是看不起他。

有时季匋民给叶三画了画，说：“这张不题上款吧，你可以拿去卖钱——有上款不好卖。”

叶三说：“题不题上款都行。不过您的画我不卖。”

“不卖？”

“一张也不卖！”

他把季匋民送他的画都放在他的棺材里。

十多年过去了。

季匋民死了。叶三已经不卖果子，但是他四季八节，还四处寻觅鲜果，到季匋民坟上供一供。

季匋民死后，他的画价大增。日本有人专门收藏他的画。大家知道叶三手里有很多季匋民的画，都是精品。很多人想买叶三的藏画。叶三说：“不卖。”

有一天有一个外地人来拜望叶三，叶三看了他的名片，这人的姓很奇怪，姓“辻”，叫“辻听涛”。一问，是日本人。辻听涛说他是专程来看他收藏的季匋民的画的。

因为是远道来的，叶三只得把画拿出来。辻听涛非常虔诚，要了清水洗了手，焚了一炷香，还先对画轴拜了三拜，然后才展开。他一边看，一边不停地赞叹：

“喔！喔！真好！真是神品！”

辻听涛要买这些画，要多少钱都行。

叶三说：“不卖。”

辻听涛只好怅然而去。

叶三死了。他的儿子遵照父亲的遗嘱，把季匋民的画和父亲一起装进棺材里，埋了。

祁茂顺

祁茂顺在午门历史博物馆蹬三轮车。

他原先不是蹬车的，他有手艺：糊烧活、裱糊顶棚。

单件的烧活，接三轿马，一个人鼓捣一天，就能完活。祁茂顺在家里糊烧活。他家的门敞着，为的是做活有地方，也才豁亮。他在糊烧活的时候，总有一堆孩子围着看。糊得了，就在门外放着：一匹高头大白马——跟真马一样大，金鞍玉辔紫丝缰；拉着一辆花轱辘轿子车，蓝车帷、紫红软帘，软帘贴着金纸的团寿字。不但是孩子，就是路过的大人也要停步看看，而且连声赞叹："地道！祁茂顺心细手巧！"

如果是成堂的大活：三进大厅、亭台楼阁、花园假山……一个人忙不过来，就得约两三个同行一块干。订烧活的规矩，事前不付定钱，由承活的先凑出一份钱垫着，好买色纸、秫秸、金粉、银粉、鳔胶、浆糊。交活的时候再收钱，早先订烧活，都是老式的房屋家具，后来有要糊洋房的，要糊小汽车、摩托车、收音机、电风扇的……人家要什么，他们都能糊出来。后来订烧活的越来越少了，都兴火葬了，谁家还会弄了一堂"车船轿马"拉到八宝山去？

祁茂顺的主要的活就剩下裱糊顶棚了。后来糊顶棚的活也少了。北京的平房讲究"灰顶花砖地"。纸糊的顶棚很少见了——容易坏，而且招蟑螂，招耗子。钢筋水泥的楼房更没有谁家糊个纸顶棚的。

祁茂顺只好改行。

午门历史博物馆原来编制很小，没有几个职员，不知道为什么，却给馆长配备了一辆三轮车，用以代步。经人介绍，祁茂顺到历史博物馆来蹬三轮车。馆长姓韩。祁茂顺每天一早蹬车接韩馆长上班，中午送他回家吃饭，下午再接他到馆里，下班送他回家。韩馆长是个方正守法的人，除了上下班，到什么地方开会，平常不为私人的事用车，因此祁茂顺的工作很轻松。

祁茂顺很爱护这辆三轮车，总是擦洗得干干净净的。晚上把车蹬回家，锁上，不许院里的孩子蹬着玩。

不过街坊邻居有事求他，他总是有求必应的。

隔壁陈大妈来找祁茂顺。

“茂顺大哥，你大兄弟病了，高烧不退，想麻烦您送他上一趟医院，不知您的车这会儿得空不得空？”

“没事！交给我了！”

祁茂顺把病人送到医院。挂号、陪病人打针、领药，他全都包了。

祁茂顺人缘很好。

离祁茂顺家不远，住着一家姓金的。他是旗人皇室宗亲，是“世袭罔替”的贝勒，行四。旗人见面时还称他为“四贝勒”，街坊则称之为金四爷。辛亥革命以后，旗人再也不能吃皇粮了。旗人不治产业，不会种地，不会经商，不会手艺，坐吃山空，日渐穷困。“四贝勒”怎么生活呢？幸好他的古文底子很好，又学过中医，协和医学院典籍教研室知道他，特约他校点中医典籍，这样他就有了稳定的收入，吃麻酱面没有问题。他过过豪华的日子，再也不能摆贝勒的谱，有麻酱面也就知足——不过他吃一碟水疙瘩咸菜还得切得像头发丝那么细。

他中年丧偶，无儿无女，只有一个侄女帮他做做饭，洗洗衣裳。

贝勒府原是很大的四合院，后来大部分都卖给同仁堂乐家当了堆放药材的楼房，他只保留了三间北房。

三间北房，两个人，也够住的了。

金四爷还保留一些贝勒的习惯。他不爱“灰顶花砖地”，爱脚踩方砖，头上是纸顶棚，“四白落地”。

上个月下雨，顶棚漏湿了，垮下了一大片。金四爷找到了祁茂顺，说：

“茂顺，你给我把顶棚裱糊一下。”

祁茂顺说：“行！星期天。”

祁茂顺星期天一早就来了，带了他的全套工具：棕刷子、棕笤帚、一盆稀稀的浆子、一大沓大白纸。这大白纸是纸铺里切好的，四方的，每一张都一样大小，不是要用时现裁。

金四爷看着祁茂顺做活。

只见他用棕刷子在大白纸蹭蹭两刷子，轻轻拈起来，用棕笤帚托着，腕子一使劲，大白纸就“吊”上了顶棚。棕笤帚抹两下，大白纸就在顶棚上呆住了。一张一张大白纸压着韭菜叶宽的边，平平展展、方方正正、整整齐齐。拐弯抹角用的纸也都用眼睛量好了的，不宽不窄，正合适，棕笤帚一抹，连一点折子都没有。而且，用的大白纸正好够数，不多一张。也不少一张。连浆都正好使完，没有一点糟践。

金四爷看着祁茂顺的“表演”，看得傻了，说：“茂顺，你这两下子真不简单！眼睛、手里怎么能有那么准？”

“也就是个熟。”

“没有个三年五载，到不了这功夫！”

“那倒是。”

金贝勒给祁茂顺倒了一杯沏了两开的热茶。祁茂顺尝了一口：“好茶！还是叶和元的双窨香片？”

“喝惯了。”

祁茂顺告辞。

“茂顺，别走，咱们到大酒缸喝两个去（大酒缸用的都是豆绿酒碗，一碗二两，叫做‘一个’）。”

“大酒缸？现在上哪儿找大酒缸去？”

“八面槽不就有一家吗？他们的酥鱼做得好。”

“金四爷，您这可真是老皇历了！八面槽大酒缸早都没了。现在那儿改了门脸儿，卖手表照相机。酥鱼？可着北京，现在大概都找不出一碟酥鱼！”

“大酒缸没有了？”

“没有啰！”

金贝勒喝着茶，连说了几句：

“大酒缸没有了。大酒缸没有了。”

很难说得清他的话是什么意思。

要账

张老头八十六了（我很反对把所有数目字都改成阿拉伯字，那样很别扭）。身体还挺好，只是耳朵聋，有时糊涂。有一次他一个人到铁匠营去，找不到自己的家了。他住在蒲黄榆，从蒲黄榆到铁匠营只有半站地。从此他就不往离他的家十步以外的地方遛达。他只是在他所住的居民楼的下面的墙根底下坐着，除了刮大风、下雨、下雪。带着他的全部装备：一个马扎，一个棉垫子，都用麻绳吊在一起，一个紫红色的尼龙绸口袋，里面装的是眼镜盒——他其实不看报，烟卷——他抽的是最次的烟，烟嘴，火柴……他手指上戴了三四个黄铜的戒指，纽扣孔里拖出一条钥匙链，一头塞在左上角衣兜里，仿佛这是一个怀表——他“感觉”这就是怀表。他的腕子上经常套着山桃核的手串，有时是山核桃的，有时甚至是串算盘珠。除了回家吃饭，他一天就这么坐着。

他不是一段木头，是一个人。是人，脑子里总要想一些事。

这几个月来他天天想的一件事是他要到天津跟老李要账。老李欠他五十块钱，他要去要回来。他跟他的二儿子说，叫儿子陪他上天津去。儿子说：“老李欠你五十块钱。我怎么没听说过？这是哪儿的事呀？”——“你知不道！那是俺们在天津‘跑腿儿’[1]时候的事，你知不道，你还年轻！”儿子被他纠缠不过，只好陪他上了一趟天津，七拐八弯到处打听，总算把老李找到了。

李老头也八十多了。

老哥俩见面倒还都认识。

奉了茶，敬了烟，李老头说：

“张大哥身子骨还挺硬朗？”

“硬朗着哪！”

“您咋会上天津来啦？有事？找人？”

“有事！找人！”

“找谁？”

“找你！”

“找我有什么事？”

“找你要账。”

“找我要账?我欠你的账？”

“欠。”

“什么时候我欠过你的账？”

“那年，还是在咱们跑腿儿的时候，咱们合计过，合伙开一个煤铺，有这事没有？”

“有。”

“咱们合计，一个人拿出五十块钱，有这事没有？”

---

①过去有那么路人，人家有什么事，他去帮忙打杂，叫做“跑腿儿”。

“有。”

“你没拿这五十块钱，是不？”

“这事没有弄成，吹了。”

“管他吹了不吹了。你答应拿出五十块钱，你没拿，你欠我五十块钱，这钱你得还我。”

“你也答应拿五十块钱，你也没拿呀！”

“那是我的事，你不用管。你还我钱。”

两个老头吵得不可开交，只好上派出所去解决。

值班的民警听了两个老头的申诉，说：

“李老头和张老头合计合伙开煤铺，李老头答应拿出五十块钱，李老头没拿，李老头欠张老头五十块钱。现在判决李老头拿出五十块钱还给张老头。”

张老头胜诉，喜笑颜开。李老头只好拿出五十块钱，心里不服。值班民警继续说：

“张老头答应拿出五十块钱，也没有拿，张老头欠李老头五十块钱，就该偿还。现决定，张老头将李老头还给张老头的五十块钱还给李老头。现在，谁也不欠谁的钱了，问题就这样解决了，你们都回去吧。”

张老头从天津回到北京，一直想不通，他直认为李老头欠他的钱，整天想这件事。

张老头再活十年没有问题，他会想这件事想十年。

在云南，在西南联大

人/间/小/暖

鸡毛

西南联大有一个文嫂。

她不是西南联大的人。她不属于教职员工，更不是学生。西南联大的各种名册上都没有“文嫂”这个名字。她只是在西南联大里住着，是一个住在联大里的校外的人。然而她又的的确确是“西南联大”的一个组成部分。她住在西南联大的新校舍。

西南联大有许多部分：新校舍、昆中南院、昆中北院、昆华师范、工学院……其他部分都是借用的原有的房屋，新校舍是新建的，也是联大的主要部分。图书馆、大部分教室、各系的办公室、男生宿舍……都在新校舍。

新校舍在昆明大西门外，原是一片荒地。有很多坟，几户零零落落的人家。坟多无主。有的坟主大概已经绝了后，不难处理。有一个很大的坟头，一直还留着，四面环水，如一小岛，春夏之交，开满了野玫瑰，香气袭人，成了一处风景。其余的，都平了。坟前的墓碑，有的相当高大，都搭在几条水沟上，成了小桥。碑上显考显妣的姓名分明可见，全都平躺着了。每天有许多名师大儒、莘莘学子从上面走过。住户呢，由学校出几个钱，都搬迁了。文嫂也是这里的住户。她不搬。说什么也不搬。她说她在这里住惯了。联大的当局是很讲人道主义的，人家不愿搬，不能逼人家走。可是她这两间破破烂烂的草屋，不当不间地戳在那里，实在也不成个样子。新校舍建筑虽然极其简陋，但是是经过土木工程系的名教授设计过的，房屋安排疏密有致，空间利用十分合理。那怎么办呢？主其事者跟文嫂商量，把她两间草房拆了，另外给她盖一间，质料比她原来的要好一些。她同意了，只要求再给她盖一个鸡窝。那好办。

她这间小屋，土墙草顶，有两个窗户（没有窗扇，只有一个窗洞，有几根直立着的带皮的树棍），一扇板门。紧靠西面围墙，离二十五号宿舍不远。

宿舍旁边住着这样一户人家，学生们倒也没有人觉得奇怪。学生叫她文嫂。她管这些学生叫“先生”。时间长了，也能分得出张先生、李先生、金先生、朱先生……但是，相处这些年了，竟没有一个先生知道文嫂的身世，只知道她是一个寡妇，有一个女儿。人很老实。虽然没有知识，但是洁身自好，不贪小便宜。除非你给她，她从不伸手要东西。学生丢了牙膏肥皂、小东小西，从来不会怀疑是她顺手牵羊拿了去。学生洗了衬衫，晾在外面，被风吹跑了，她必为捡了，等学生回来时交出：“金先生，你的衣服。”除了下雨，她一天都是在屋外呆着。她的屋门也都是敞开着的。她的所作所为，都在天日之下，人人可以看到。

她靠给学生洗衣服、拆被窝维持生活。每天大盆大盆地洗。她在门前的两棵半大榆树之间拴了两根棕绳，拧成了麻花。洗得的衣服，夹紧在两绳之间。风把这些衣服吹得来回摆动，霍霍作响。大太阳的天气，常常看见她坐在草地上（昆明的草多丰茸齐整而极干净）做被窝，一针一针，专心致意。衣服被窝洗好做得了，为了避免嫌疑，她从不送到学生宿舍里去，只是叫女儿隔着窗户喊："张先生，来取衣服。"——"李先生，取被窝。"

她的女儿能帮上忙了，能到井边去提水，踮着脚往绳子上晾衣服，在床上把衣服抹煞平整了，叠起来。

文嫂养了二十来只鸡（也许她原是靠喂鸡过日子的）。联大到处是青草，草里有昆虫蚱蜢种种活食，这些鸡都长得极肥大，很肯下蛋。隔多半个月，文嫂就挎了半篮鸡蛋，领着女儿，上市去卖。蛋大，也红润好看，卖得很快。回来时，带了盐巴、辣子，有时还用马兰草提着一块够一个猫吃的肉。

每天一早，文嫂打开鸡窝门，这些鸡就急急忙忙，迫不及待地奔出来，散到草丛中去，不停地啄食。有时又抬起头来，把一个小脑袋很有节奏地转来转去，顾盼自若——鸡转头不是一下子转过来，都是一顿一顿地那么转动。到觉得肚子里那个蛋快要坠下时，就赶紧跑回来，红着脸把一个蛋下在鸡窝里。随即得意非凡地高唱起来："郭格答！郭格答！"文嫂或她的女儿伸手到鸡窝里取出一颗热烘烘的蛋，顺手赏了母鸡一块土坷垃："去去去！先生要用功，莫吵！"这鸡婆子就只好咕咕地叫着，很不平地走到丛草里去了。到了傍晚，文嫂抓了一把碎米，一面撒着，一面"啯啯，啯啯"叫着，这些母鸡就都即即足足地回来了。它们把碎米啄尽，就鱼贯进入鸡窝。进窝时还故意把脑袋低一低，把尾巴向下耷拉一下，以示雍容文雅，很有鸡教。鸡窝门有一道小坎，这些鸡还都一定两脚并齐，站在门坎上，然后向前一跳。这种礼节，其实大可不必。进窝以后，咕咕囔囔一会，就寂然了。于是夜色就降临抗战时期最高学府之一，国立西南联合大学的新校舍了。阿门。

文嫂虽然生活在大学的环境里，但是大学是什么，这有什么用，为什么要办它，这些，她可一点都不知道。只知道有许多“先生”，还有许多小姐，或按昆明当时的说法，有很多“摩登”，来来去去；或在一个洋铁皮房顶的屋子（她知道那叫“教室”）里，坐在木椅子上，呆呆地听一个“老倌”讲话。这些“老倌”讲话的神气有点像耶稣堂卖福音书的教士（她见过这种教士）。但是她隐隐约约地知道，先生们将来都是要做大事，赚大钱的。

先生们现在可没有赚大钱，做大事，而且越来越穷，找文嫂洗衣服、做被子的越来越少了。大部分先生非到万不得已，不拆被子。一年也不定拆洗一回。有的先生虽然看起来衣冠齐楚，西服皮鞋，但是皮鞋底下有洞。有一位先生还为此制了一则谜语：“天不知地知，你不知我知。”他们的袜子没有后跟，穿的时候就把袜尖往前拽拽，窝在脚心里，这样后跟的破洞就露不出来了。他们的衬衫穿脏了，脱下来换一件。过两天新换的又脏了，看看还是原先脱下的一件干净些，于是又换回来。有时要去参加Party，没有一件洁白的衬衫，灵机一动：有了！把衬衫反过来穿！打一条领带，把纽扣遮住，这样就看不出正反了。就这样，还很优美地跳着《蓝色的多瑙河》。有一些，就完全不修边幅，衣衫褴褛，囚首垢面，跟一个叫花子差不多了。他们的裤子破了，就用一根麻绳把破处系紧。文嫂看到这些先生，常常跟女儿说：“可怜！”

来找文嫂洗衣的少了，她还有鸡，而且她的女儿已经大了。

女儿经人介绍，嫁了一个司机。这司机是下江人，除了他学着说云南话：“为哪样”“咋个整”，其余的话，她听不懂。但她觉得这女婿人很好。他来看过老丈母，穿了麂皮夹克，大皮鞋，头上抹了发蜡。女儿按月给妈送钱。女婿跑仰光、腊戍，也跑贵州、重庆。每趟回来，还给文嫂带点曲靖韭菜花，贵州盐酸菜，甚至宣威火腿。有一次还带了一盒遵义板桥的化风丹，她不知道这有什么用。他还带来一些奇形怪状的果子。有一种果子，香得她的头都疼。下江人女婿答应养她一辈子。

文嫂胖了。

男生宿舍全都一样，是一个窄长的大屋子，土墼墙，房顶铺着木板，木板都没有刨过，留着锯齿的痕迹，上盖稻草；两面的墙上开着一列像文嫂的窗洞一样的窗洞。每间宿舍里摆着二十张双层木床。这些床很笨重结实，一个大学生可以在上面放放心心地睡四年，一直睡到毕业，无须修理。床本来都是规规矩矩地靠墙排列着的，一边十张。可是这些大学生需要自己的单独的环境，于是把它们重新调动了一下，有的两张床摆成一个曲尺形，有的三张床摆成一个凹字形，就成了一个一个小天地。按规定，每一间住四十人，实际都住不满。有人占了一个铺位，或由别人替他占了一个铺位而根本不来住；也有不是铺主却长期睡在这张铺上的；有根本不是联大学生，却在新校舍住了好几年的。这些曲尺形或凹字形的单元里，大都只有两三个人。个别的，只有一个。一间宿舍住的学生，各系的都有。有一些互相熟悉，白天一同进出，晚上联床夜话；也有些老死不相往来，连贵姓都不打听。二十五号南头一张双层床上住着一个历史系学生，一个中文系学生，一个上铺，一个下铺，两个人合住了一年，彼此连面都没有见过：因为这二位的作息时间完全不同。中文系学生是个夜猫子，每晚在系图书馆夜读，天亮才回来；而历史系学生却是个早起早睡的正常的人。因此，上铺的铺主睡觉时，下铺是空的；下铺在酣睡时，上铺没有人。

联大的人都有点怪。“正常”在联大不是一个褒词。一个人很正常，就会被其余的怪人认为“很怪”。即以二十五号宿舍而论，如果把这些先生的事情写下来，将会是一部很长的小说。如今且说一个人。

此人姓金，名昌焕，是经济系的。他独占北边的一个凹字形的单元。他不欢迎别人来住，别人也不想和他搭伙。他不知从哪里弄来一些木板，把双层床的一边都钉了木板，就成了一间屋中之屋，成了他的一统天下。凹字形的当中，摞着几个装肥皂的木箱——昆明这种木箱很多，到处有得卖，这就是他的书桌。他是相当正常的。一二年级时，按时听讲，从不缺课。联大的学生大都很狂，讥弹时事，品藻人物，语带酸咸，辞锋很锐。金先生全不这样。他不发狂论。事实上他很少跟人说话。其特异处有以下几点：一是他所有的东西都挂着，二是从不买纸，三是每天吃一块肉。他在他的床上拉了几根铁丝，什么都挂在这些铁丝上，领带、袜子、针线包、墨水瓶……他每天就睡在这些丁丁当当的东西的下面。学生离不开纸。怎么穷的学生，也得买一点纸。联大的学生时兴用一种布制的夹子，里面夹着一叠白片艳纸，用来记笔记，做习题。金先生从不花这个钱。为什么要花钱买呢？纸有的是！联大大门两侧墙上贴了许多壁报，学术演讲的通告，寻找失物、出让衣鞋的启事，形形色色，琳琅满目。这些启事、告白总不是顶天立地满满写着字，总有一些空白的地方。金先生每天晚上就带了一把剪刀，把这些空白的地方剪下来。他还把这些纸片，按大小纸质、颜色，分门别类，裁剪整齐，留作不同用处。他大概是相当笨的，因此每晚都开夜车。开夜车伤神，需要补一补。他按期买了猪肉，切成大小相等的方块，借了文嫂的鼎罐(他借用了鼎罐，都是洗都不洗就还给人家了），在学校茶水炉上炖熟了，密封在一个有盖的瓷坛里。每夜用完了功，就打开坛盖，用一只一头削尖了的筷子，瞅准了，扎出一块，闭目而食之。然后，躺在丁丁当当的什物之下，酣然睡去。

这样过了三年。到了四年级，他在聚兴诚银行里兼了职，当会计。其时他已经学了簿记、普通会计、成本会计、银行会计、统计……这些学问当一个银行职员，已是足用的了。至于经济思想史、经济地理……这些空空洞洞的课程，他觉得没有什么用处，只要能混上学分就行，不必苦苦攻读，可以缺课。他上午还在学校听课，下午上班。晚上仍是开夜车，搜罗纸片，吃肉。自从当了会计，他添了两样毛病。一是每天提了一把黑布阳伞进出，无论冬夏，天天如此。二是穿两件衬衫，打两条领带。穿好了衬衫，打好领带；又加一件衬衫，再打一条领带。这是干什么呢？若说是显示他有不止一件衬衫、一条领带吧，里面的衬衫和领带别人又看不见；再说这鼓鼓囊囊的，舒服吗？真是令人百思不得其解。因此，同屋的那位中文系夜游神送给他一个外号，这外号很长：“二十年目睹之怪现状”。

金先生很快就要毕业了。毕业以前，他想到要做两件事。一件是加入国民党，这已经着手办了；一件是追求一个女同学，这可难。他在学校里进进出出，一向像马二先生逛西湖：他也不看女人，女人也不看他。

谁知天缘凑巧，金昌焕先生竟有了一段风流韵事。一天，他正提着阳伞到聚兴诚去上班，前面走着两个女同学，她们交头接耳地谈着话。一个告诉另一个：这人穿两件衬衫，打两条领带，而且介绍他有一个很长的外号："二十年目睹之怪现状"。听话的那个不禁回头看了金昌焕一眼，嫣然一笑。金昌焕误会了：谁知一段姻缘却落在这里。当晚，他给这女同学写了一封情书。开头写道："××女士芳鉴，径启者……"接着说了很多仰慕的话，最后直截了当地提出："倘蒙慧眼垂青，允订白首之约，不胜荣幸之至。随函附赠金戒指一枚，务祈笑纳为荷。"在"金戒指"三字的旁边还加了一个括弧，括弧里注明："重一钱五"。这封情书把金先生累得够呛，到他套起钢笔，吃下一块肉时，文嫂的鸡都已经即即足足地发出声音了。

这封情书是当面递交的。

这位女同学很对得起金昌焕。她把这封信公布在校长办公室外面的布告栏里，把这枚金戒指也用一枚大头针钉在布告栏的墨绿色的绒布上。于是金昌焕一下子出了大名了。

金昌焕倒不在乎。他当着很多人，把信和戒指都取下来，收回了。

你们爱谈论，谈论去吧！爱当笑话说，说去吧！于金昌焕何有哉！金昌焕已经在重庆找好了事，过两天就要离开西南联大，上任去了。

文嫂丢了三只鸡，一只笋壳鸡，一只黑母鸡，一只芦花鸡。这三只鸡不是一次丢的，而是隔一个多星期丢一只。不知怎么丢的。早上开鸡窝放鸡时还在，晚上回窝时就少了。文嫂到处找，也找不着。她又不能像王婆骂鸡那样坐在门口骂——她知道这种泼辣作法在一个大学里很不合适，只是一个人叨叨：“我奶（的）鸡呢？我奶鸡呢？……”

文嫂的女儿回来了。文嫂吓了一跳：女儿戴得一头重孝。她明白出了大事了。她的女婿从重庆回来，车过贵州的十八盘，翻到山沟里了。女婿的同事带了信来。母女俩顾不上抱头痛哭，女儿还得赶紧搭便车到十八盘去收尸。

女儿走了，文嫂失魂落魄，有点傻了。但是她还得活下去，还得过日子，还得吃饭，还得每天把鸡放出去，关鸡窝。还得洗衣服，做被子。有很多先生都毕业了，要离开昆明，临走总得干净干净，来找文嫂洗衣服、拆被子的多了。

这几天文嫂常上先生们的宿舍里去。有的先生要走了，行李收拾好了，总还有一些带不了的破旧衣物，一件鱼网似的毛衣，一个压扁了的脸盆，几只配不成对的皮鞋——那有洞的鞋底至少掌鞋还有用……这些先生就把文嫂叫了来，随她自己去挑拣。挑完了，文嫂必让先生看一看，然后就替他们把曲尺形或凹字形的单元打扫一下。

因为洗衣服、拣破烂，文嫂还能岔乎岔乎，心里不至太乱。不过她明显地瘦了。

金昌焕不声不响地走了。二十五号的朱先生叫文嫂也来看看，这位“怪现状”是不是也留下一些还值得一拣的东西。

什么都没有。金先生把一根布丝都带走了。他的凹形王国里空空如也，只留下一个跟文嫂借用的鼎罐。文嫂毫无所得，然而她也照样替金先生打扫了一下。她的笤帚扫到床下，失声惊叫了起来：床底下有三堆鸡毛，一堆笋壳色的，一堆黑的，一堆芦花的！

文嫂把三堆鸡毛抱出来，一屁股坐在地下，大哭起来。

“啊呀天呐，这是我叨鸡呀！我叨笋壳鸡呀！我叨黑母鸡，我叨芦花鸡呀！……”

“我寡妇失业几十年哪，你咋个要偷我叨鸡呀！……”

“我风里来雨里去呀，我的命多苦，多艰难呀，你咋个要偷我叨鸡呀！……”

“你先生是要做大事，赚大钱的呀，你咋个要偷我叨鸡呀！……”

“我叨女婿死在贵州十八盘，连尸都还没有收呀，你咋个要偷我叨鸡呀！……”

她哭得很伤心，很悲痛。好像要把一辈子所受的委屈、不幸、孤单和无告全都哭了出来。

这金昌焕真是缺德，偷了文嫂的鸡，还借了文嫂的鼎罐来炖了。至于他怎么偷的鸡，怎样宰了，怎样褪的鸡毛，谁都无从想象。

林子大了，什么鸟都有。

西南联大新校舍对面是“北院”。北院是理学院区。一个狭长的大院，四面有夯土版筑的围墙。当中是一片长方形的空场。南北各有一溜房屋，土墙，铁皮房顶，是物理系、化学系和生物系的办公室、教室和实验室。房前有一条土路，路边种着一排不高的尤加利树。一览无余，安静而不免枯燥。这里不像新校舍一样有大图书馆、大食堂、学生宿舍。教室里没有风度不同的教授讲授各种引人入胜的课程，墙上，也没有五花八门互相论战的壁报，也没有寻找失物或出让衣物的启事。没有操场，没有球赛。因此，除了理学院的学生，文法学院的学生很少在北院停留。不过他们每天要经过北院。由正门进，出东面的侧门，上一个斜坡，进城墙缺口。或到“昆中”“南院”听课，或到文林街坐茶馆，到市里闲逛，看电影……理学院的学生读书多是比较扎实的，不像文法学院的学生放浪不羁，多少带点才子气。记定理、抄公式、画细胞，都要很专心。因此文法学院的学生走过北院时都不大声讲话，而且走得很快，免得打扰人家。但是他们在走尽南边的土路，将出侧门时，往往都要停一下：路边开着一大片剑兰！

这片剑兰开得真好！是美国种。别处没有见过。花很大，比普通剑兰要大出一倍。什么颜色的都有。白的、粉的、桃红的、大红的、浅黄的、淡绿的、蓝的、紫得像是黑色的。开得那样旺盛，那样水灵！可是，许看不许摸！这些花谁也不能碰一碰。这是化学系主任高崇礼种的。

高教授是个出名的严格方正、不讲情面的人。他当了多年系主任，教普通化学和有机化学。他的为人就像分子式一样，丝毫通融不得。学生考试，不及格就是不及格。哪怕是考了五十九分，照样得重新补修他教的那门课程。而且常常会像训小学生一样，把一个高年级的学生骂得面红耳赤。这人整天没有什么笑容，老是板着脸。化学系的学生都有点怕他，背地里叫他高阎王。他除了科学，没有任何娱乐嗜好。不抽烟。不喝酒。教授们有时凑在一起打打小麻将，打打桥牌，他绝不参加。他不爱串门拜客闲聊天。可是他爱种花，只种一种：剑兰。

这还是在美国留学时养成的爱好。他在麻省理工学院读化学。每年暑假，都到一家专门培植剑兰的花农的园圃里去做工，挣取一学年的生活费用，因此精通剑兰的种植技术。回国时带回了一些花种，每年还种一些。在北京时就种。学校迁到昆明，他又带了一些花种到昆明来，接着种。没想到昆明的气候土壤对剑兰特别相宜，花开得像美国那家花农的园圃里的一般大。逐年发展，越种越多，长了那样大一片！

可是没有谁会向他要一穗花，因为都知道高阎王的脾气：他的花绝不送人。而且大家知道，现在他的花更碰不得，他的花是要卖钱的！

昆明近日楼有个花市。近日楼外边，有一个水泥砌的圆池子。池子里没有水，是干的。卖花的就带了一张小板凳坐在池子里，把各种鲜花摊放在池沿上卖。晚香玉、缅桂花、康乃馨，也有剑兰。池沿上摆得满满的，色彩缤纷，老远地就闻到了花香。昆明的中产之家，有买花插瓶的习惯。主妇上街买菜，菜篮里常常一头放着鱼肉蔬菜，一头斜放着一束鲜花。花菜一篮，使人感到一片盎然的生意。高教授有一天走过近日楼，看看花市，忽然心中一动。

于是他每天一清早，就从家里走到北院，走进花圃，选择几十穗半开的各色剑兰，剪下来，交给他的夫人，拿到近日楼去卖。他的剑兰花大，颜色好，价钱也不太贵，很快就卖掉了。高太太就喜吟吟地走向菜市场。来时一篮花，归时一篮菜。这样，高教授的生活就提高了不少。他家的饭桌上常见荤腥。星期六还能炖一只母鸡。云南的玉溪鸡非常肥嫩，肉细而汤清。高太太把刚到昆明时买下的，已经弃置墙角多年的汽锅也洗出来了。剑兰是多年生草本，全年开花；昆明的气候又是四季如春，不缺雨水，于是高教授家汽锅鸡的香味时常飘入教授宿舍的左邻右舍。他的两个在读中学的儿女也有了比较整齐的鞋袜。

哪位说：教授卖花，未免欠雅。先生，您可真是站着说话不腰疼！您不知道抗日战争期间，大后方的教授，穷苦到什么程度。您不知道，一位国际知名的化学专家，同时又是对社会学、人类学具有广博知识的才华横溢而性格（在有些人看来）不免古怪的教授，穿的是一双"空前绝后"的布鞋——脚趾和脚跟部位都磨通了。中文系主任，当代散文大师的大衣破得不能再穿，他就买了一件云南赶马人穿的粗毛氆氇一口钟穿在身上御寒，样子有一点像传奇影片里的侠客，只是身材略嫌矮小。原来抽茄立克、555牌香烟的教授多改成抽烟斗，抽本地出的鹿头牌的极其辛辣的烟丝。他们的3B烟斗的接口处多是破裂的，缠着白线。有些著作等身的教授，因为家累过重，无暇治学，只能到中学去兼课。有个治古文字的学者在南纸店挂笔单为人治印。有的教授开书法展览会卖钱。教授夫人也多想法挣钱，贴补家用。有的制作童装，代织毛衣毛裤，有几位哈佛和耶鲁毕业的教授夫人，集资制作西点，在街头设摊出售。因此，高崇礼卖花，全校师生，皆无非议。

大家对这一片剑兰增加了一层新的看法，更加不敢碰这些花了。走过时只是远远地看看，不敢走近，更不敢停留。有的女同学想多看两眼，另一个就会说："快走，快走！高阎王在办公室里坐着呢！"没有谁会想起干这种恶作剧的事，半夜里去偷掐高教授的一穗花。真要是有人掐一穗，第二天早晨，高教授立刻就会发现。这花圃里有多少穗花，他都是有数的。

只有一个人可以走进高教授的花圃，蔡德惠。蔡德惠是生物系助教，坐办公室。生物系办公室和化学系办公室紧挨着、门对门。蔡德惠和高教授朝夕见面，关系很好。

蔡德惠是一个非常用功的学生。从小学到大学，各门功课都很好。他生活上很刻苦，联大四年，没有在外面兼过一天差。

联大学生的家大都在沦陷区。自从日本人占了越南，滇越铁路断了，昆明和平津沪杭不通邮汇，这些大学生就断绝了经济来源。教育部每月给大学生发一点生活费，叫做"贷金"。"贷金"名义上是"贷"给学生的，但是谁都知道这是永远不会归还的。这实际上是救济金，不知是哪位聪明的官员想出了这样一个新颖别致的名目，大概是觉得救济金听起来有伤大学生的尊严。"贷金"数目很少，每月十四元。货币贬值，物价飞涨，这十四元一直未动。这点"贷金"只够交伙食费，所以联大大部分学生都在外面找一个职业。半工半读，对付着过日子。五花八门，干什么的都有。有的在中学兼课，有的当家庭教师。昆明有个冠生园，是卖广东饭菜点心的。这个冠生园不知道为什么要办一个职工夜校，而且办了几年，联大不少同学都去教过那些广东名厨和糕点师傅。有的到西药房或拍卖行去当会计。上午听课，下午坐在柜台里算账，见熟同学走过，就起身招呼谈话。有的租一间门面，修理钟表。有一位坐在邮局门前为人代写家信。昆明有一个古老的习惯，每到正午时要放一炮，叫做“放午炮”。据说每天放这一炮的，也是联大的一位贵同学！这大概是哪位富于想象力的联大同学造出来的谣言。不过联大学生遍布昆明的各行各业，什么都干，却是事实。像蔡德惠这样没有兼过一天差的，极少。

联大学生兼差的收入，差不多全是吃掉了。大学生的胃口都极好：都很馋。照一个出生在南洋的女同学的说法，这些人的胃口都“像刀子一样”，见什么都想吃。也难怪这些大学生那么馋，因为大食堂的伙食实在太坏了！早晨是稀饭，一碟炒蚕豆或豆腐乳。中午和晚上都是大米干饭，米极糙，颜色紫红，中杂不少沙粒石子和耗子屎，装在一个很大的木桶里。盛饭的勺子也是木制的。因此饭粒入口，总带着很重的松木和杨木的气味。四个菜，分装在浅浅的酱色的大碗里。经常吃的是煮芸豆；还有一种不知是什么原料做成的紫灰色像是鼻涕一样的东西，叫做“魔芋豆腐”。难得有一碗炒猪血（昆明叫“旺子”），几片炒回锅肉（半生不熟，极多猪毛）。这种淡而无味的东西，怎么能满足大学生们的刀子一样的食欲呢？二十多岁的人，单靠一点淀粉和碳水化合物是活不成的，他们要高蛋白，还要适量的动物脂肪！于是联大附近的小饭馆无不生意兴隆。新校舍的围墙外面出现了很多小食摊。这些食摊上的食品真是南北并陈，风味各别。最受欢迎的是一个广东老太太卖的鸡蛋饼：鸡蛋和面，入盐，加大量葱花，于平底锅上煎熟。广东老太太很舍得放猪油，饼在锅里煎得嗞嗞地响，实在是很大的诱惑。煎得之后，两面焦黄，径可一尺，卷而食之，极可解馋。有一家做一种饼，其实也没有什么稀奇，不过就是加了一点白糖的发面饼，但是是用松毛（马尾松的针叶）烤熟的，带一点清香，故有特点。联大的女同学最爱吃这种饼。昆明人把女大学生叫做“摩登”，于是这种饼就被叫成“摩登粑粑”。这些“摩登”们常把一个粑粑切开，中夹叉烧肉四两，一边走，一边吃，丝毫不觉得有什么不文雅。有一位贵州人每天挑一副担子来卖馄饨面。他卖馄饨是一边包一边下的。有时馄饨皮包完了，他就把馄饨馅一小疙瘩一小疙瘩拨在汤里下面。有人问他：“你这叫什么面？”这位贵州老乡毫不犹豫地答曰：“桃花面！”……

蔡德惠偶尔也被人拉到米线铺里去吃一碗焖鸡米线，但这样的时候很少。他每天只是吃食堂，吃煮芸豆和“魔芋豆腐”。四年都是这样。

蔡德惠的衣服倒是一直比较干净整齐的。

联大的学生都有点像是阴沟里的鹅——顾嘴不顾身。女同学一般都还注意外表。男同学里西服革履，每天把裤子脱下来压在枕头下以保持裤线的，也有，但是不多。大多数男大学生都是不衫不履，邋里邋遢。有人裤子破了，找一根白线，把破洞处系成一个疙瘩，只要不露肉就行。蔡德惠可不是这样。

蔡德惠四五年来没有添置过什么衣服——除了鞋袜。他的衣服都还是来报考联大时从家里带来的。不过他穿得很仔细。他的衣服都是自己洗，而且换洗得很勤。联大新校舍有一个文嫂，专给大学生洗衣服。蔡德惠从来没有麻烦过她。不但是衣服，他连被窝都是自己拆洗，自己做。这在男同学里是很少有的。因此，后来一些同学在回忆起蔡德惠时，首先总是想到蔡德惠在新校舍一口很大的井边洗衣裳，见熟同学走过，就抬起头来微微一笑。他还会做针线活，会裁会剪。一件衬衫的肩头穿破了，他能拆下来，把下摆移到肩头，倒个个儿，缝好了依然是一件完整的衬衫，还能再穿几年。这样的活计，大概多数女同学也干不了。

也许是性格所决定，蔡德惠在中学时就立志学生物。他对植物学尤其感兴趣。到了大学三年级，就对植物分类学着了迷。植物分类学在许多人看来是一门很枯燥的学问，单是背那么多拉丁文的学名，就是一件叫人头疼的事。可是蔡德惠觉得乐在其中。有人问他："你干吗搞这么一门干巴巴的学问？"蔡德惠说："干巴巴的？——不，这是一门很美的科学！"他是生物系的高材生。四年级的时候，系里就决定让他留校。一毕业，他就当了助教，坐办公室。

高崇礼教授对蔡德惠很有好感。蔡德惠算是高崇礼的学生，他选读过高教授的普通化学。蔡德惠的成绩很好，高教授还记得。但是真正使高教授对蔡德惠产生较深印象，是在蔡德惠当了助教以后。蔡德惠很文静。隔着两道办公室的门，一天几乎听不到他的声音。他很少大声说话。干什么事情都是轻手轻脚的，绝不会把桌椅抽屉搞得乒乓乱响。他很勤奋。每天高教授来剪花的时候（这时大部分学生都还在高卧），发现蔡德惠已经坐在窗前低头看书，做卡片。虽然在学问上隔着行，高教授无从了解蔡德惠在植物学方面的造诣，但是他相信这个年轻人是会有出息的，这是一个真正做学问的人。高教授也听生物系主任和几位生物系的教授谈起过蔡德惠，都认为他有才能，有见解，将来可望在植物分类学方面取得很高的成就。高教授对这点深信不疑。因此每天高教授和蔡德惠点头招呼，眼睛里所流露的，就不只是亲切，甚至可以说是：敬佩。

高教授破例地邀请蔡德惠去看看他的剑兰。当有人发现高阎王和蔡德惠并肩站在这一片华丽斑斓的花圃里时，不禁失声说了一句："这真是黄河清了！"蔡德惠当然很喜欢这些异国名花。他时常担一担水来，帮高教授浇浇花；用一个小薅锄松松土；用烟叶泡了水除治剑兰的腻虫。高教授很高兴。

蔡德惠简直是钉在办公室里了，他很少出去走走。他交游不广，但是并不孤僻。有时他的杭高老同学会到他的办公室里来坐坐——他是杭州人，杭高（杭州高中）毕业，说话一直带着杭州口音。他在新校舍同住一屋的外系同学，也有时来。他们来，除了说说话，附带来看蔡德惠采集的稀有植物标本。蔡德惠每年暑假都要到滇西、滇南去采集标本。像木蝴蝶那样的植物种子，是很好玩的。一片一片，薄薄的，完全像一个蝴蝶，而且一个荚子里密密地挤了那么多。看看这种种子，你会觉得：大自然真是神奇！有人问他要两片木蝴蝶夹在书里当书签，他会欣然奉送。这东西滇西多的是，并不难得。

在蔡德惠那里坐了一会的同学，出门时总要看一眼门外朝南院墙上的一个奇怪东西。这是一个日规。蔡德惠自己做的。所谓"做"，其实很简单，找一点石灰，跟瓦匠师傅借一个抿子，在墙上抹出一个规整的长方形，长方形的正中，垂直着钉进一根竹筷子——院墙是土墙，是很容易钉进去的。筷子的影子落在雪白的石灰块上，随着太阳的移动而移动。这是蔡德惠的钟表。蔡德惠原来是有一只怀表的，后来坏了，他就一直没有再买——也买不起。他只要看看筷子的影子，就知道现在是几点几分，不会差错。蔡德惠做了这样一个古朴的日规，一半是为了看时间，一半也是为了好玩，增加一点生活上的情趣。至于这是不是也表示了一种意思：寸阴必惜，那就不知道了。大概没有。蔡德惠不是那种把自己的决心公开表现给人看的人。不过凡熟悉蔡德惠的人，总不免引起一点感想，觉得这个现代古物和一个心如古井的青年学者，倒是十分相称的。人们在想起蔡德惠时，总会很自然地想起这个日规。

蔡德惠病了。不久，死了。死于肺结核。他的身体原来就比较孱弱。

生物系的教授和同学都非常惋惜。

高崇礼教授听说蔡德惠死了，心里很难受。这天是星期六。吃晚饭了，高教授一点胃口都没有。高太太把汽锅鸡端上桌，汽锅盖噗噗地响，汽锅鸡里加了宣威火腿，喷香！高崇礼忽然想起：蔡德惠要是每天喝一碗鸡汤，他也许不会死！这一天晚上的汽锅鸡他一块也没有吃。

蔡德惠死了，生物系暂时还没有新的助教递补上来，生物系主任难得到系里来看看，生物系办公室的门窗常常关锁着。

蔡德惠手制的日规上的竹筷的影子每天仍旧在慢慢地移动着。

抽象的杠杆定律

胡少邦是西南联大一大活宝。他原是航校学生。航校教飞行，都是教官带着。教官先飞，到了一定高度，做一个手势交给学生开。教官推推他，叫他试飞。推了几下，他不动。教官一看，这位老兄睡着了！反应如此之迟钝，怎么能开飞机呢？请吧您哪！他被航校淘汰了，投考了西南联大，读哲学心理系。

虽然离开了航校，他对航空未能忘情。正在上着课，他忽然跑出教室，站在路口，高声喊叫：

“现在已经有了‘预行警报’，五华山挂了两个红球！”

昆明的防空警报分四种：预行警报、空袭警报、紧急警报、解除警报。后三种都由防空监视机关拉汽笛。空袭警报一长二短，表示日本飞机已入云南境，有可能到昆明来；紧急警报一长一短，表示日本飞机已经接近昆明；到拉了长音，则表示日本飞机已经轰炸扫射完了，飞回去了。“预行警报”不拉汽笛，只在五华山顶挂出红球——五华山是昆明的制高点，红球挂出，全城可见。胡少邦正在听课，不知道他是怎么“感觉”到五华山挂了红球的。

他还举行过几次演讲。事前贴出海报：整张的标语纸，画出几栏，左右两栏写明时间、地点，当中一栏较宽，浓墨大书：“学术演讲”，题目是“防空常识”。竟然有人去听他的演讲，听完了，还报以掌声！

胡少邦每天都要“表演”。中午饭过，他就表演起来。一是唱歌。他认为唱歌要唱得高，于是拼命高唱，一直唱到声嘶力竭。二是舞单刀。他有一把生锈的单刀，舞得飕飕地，一直舞到大汗淋漓，才抱刀收势，对围观的同学鞠躬致谢。起初有些同学起哄架秧子，鼓励他要活宝，后来见他每天就是这一套，就不再捧场，他一张嘴嘶喊，就纷纷走散。

胡少邦是个“情种”。日本飞机老是到昆明来轰炸。一有警报，联大同学就都由北面的小门走出去“跑警报”。有时忽然变了天，乌云四合，就要下雨。下了雨，日本飞机就不会来了，大家陆陆续续往回走。胡少邦一马当先，抢在最前面。他这么着急慌忙地赶回去干什么？他到新校舍各个宿舍收集雨伞，抱了两大抱，等在北门旁边，有女同学回来，就送上一把（这时雨已下下来，正好用得着）。

“情种”自然多情。胡少邦认为很多女同学都爱他。他唯恐自己爱得不周到，有疏忽，致使某个女同学伤心流泪，就买了一张重磅图画纸，画了一个很详细清楚的表格，这样可以按计划一一访问。他把这张爱情一览表压在席子下面，时常抽出来审阅。不过有时也觉得可能有点自作多情。他到南院（女生宿舍）去看望某个女同学，看传达室的张妈总是说：“小姐不在！”他碰了壁，不死心，心想这不过是女孩子故作姿态而已。也许，他尚无特殊表现，还没有显出他的天才，还没有使女孩子动心。唔，是的，不错！

显露天才的机会来了！学校有个话剧团，要演《北京人》，导演找到他，因为他身材魁伟，而且有一种原始的味道。跟他说：“你演最合适！你其实是真正的主角，剧名不是叫《北京人》么？”他同意了，跟大家一起去拍剧照。有一个有名的拍人像的摄影专家叫高岭梅，在正义路开了一家“高岭梅艺术人像”，昆明多数影剧界的都跟他很熟。他设计了剧照的画面：后面是北京人的齐胸的影子，拍得虚虚的；前面叠印主要人物和戏剧场面，高岭梅不愧是高手，拍出的效果很好。剧照陈列在正义路口，每一幅都有胡少邦的形象，他很得意，上身涂了很厚的油彩、凡士林，也不觉得难受。

不想胡少邦并未因此受到女同学的青睐。有一天吃饭的时候，他又吹嘘有多少女同学爱他，有一个华侨女生叫陈逸华，人很天真，说：“胡少邦，你别胡说八道，叫人笑话！”不想胡少邦勃然大怒，说：“怎么没有！就拿你来说：你爱我，我不爱你，你就说出这样的话！”气得陈逸华大哭。

胡少邦发现了真理！真理是“抽象的杠杆定律”。其要义是：万事万物，都有一个抽象的杠杆，只要找到杠杆的支点，则万事万物的问题就可迎刃而解，大至二次大战，小至苍蝇之微，皆清澈洞明，了无粘滞。呜呼，少邦悟此秘旨，何其幸也。此上天予少邦者独厚，非人力所可诘究者也。

他著书立说，油印了好多本，遍赠教授同学。他给系主任冯友兰先生也呈献了一本。冯先生对他说：

“胡少邦！你去年哲学概论就不及格，今年再不及格，你就会被开除。你还是好好读书吧，别搞这一套胡说八道！”

我到郊区教了两年书，没有再见到胡少邦。听说他在莲花池冬泳，得了伤寒，死了。

后来又听说，他没有死，他自费到美国留学，现在还在。

异秉奇人

人/间/小/暖

陈小手

我们那地方，过去极少有产科医生。一般人家生孩子，都是请老娘。什么人家请哪位老娘，差不多都是固定的。一家宅门的大少奶奶、二少奶奶、三少奶奶，生的少爷、小姐，差不多都是一个老娘接生的。老娘要穿房入户，生人怎么行？老娘也熟知各家的情况，哪个年长的女佣人可以当她的助手，当“抱腰的”，不须临时现找。而且，一般人家都迷信哪个老娘“吉祥”，接生顺当。——老娘家都供着送子娘娘，天天烧香。谁家会请一个男性的医生来接生呢？——我们那里学医的都是男人，只有李花脸的女儿传其父业，成了全城仅有的一位女医人。她也不会接生，只会看内科，是个老姑娘。男人学医，谁会去学产科呢？都觉得这是一桩丢人没出息的事，不屑为之。但也不是绝对没有。陈小手就是一位出名的男性的产科医生。

陈小手的得名是因为他的手特别小，比女人的手还小，比一般女人的手还更柔软细嫩。他专能治难产。横生、倒生，都能接下来（他当然也要借助于药物和器械）。据说因为他的手小，动作细腻，可以减少产妇很多痛苦。大户人家，非到万不得已，是不会请他的。中小户人家，忌讳较少，遇到产妇胎位不正，老娘束手，老娘就会建议：“去请陈小手吧。”

陈小手当然是有个大名的，但是都叫他陈小手。

接生，耽误不得，这是两条人命的事。陈小手喂着一匹马。这匹马浑身雪白，无一根杂毛，是一匹走马。据懂马的行家说，这马走的脚步是“野鸡柳子”，又快又细又匀。我们那里是水乡，很少人家养马。每逢有军队的骑兵过境，大家就争着跑到运河堤上去看“马队”，觉得非常好看。陈小手常常骑着白马赶着到各处去接生，大家就把白马和他的名字联系起来，称之为“白马陈小手”。

同行的医生，看内科的、外科的，都看不起陈小手，认为他不是医生，只是一个男性的老娘。陈小手不在乎这些，只要有人来请，立刻跨上他的白马，飞奔而去。正在呻吟惨叫的产妇听到他的马脖上的銮铃的声音，立刻就安定了一些。他下了马，即刻进产房。过了一会（有时时间颇长），听到“哇”的一声，孩子落地了。陈小手满头大汗，走了出来，对这家的男主人拱拱手：“恭喜恭喜！母子平安！”男主人满面笑容，把封在红纸里的酬金递过去。陈小手接过来，看也不看，装进口袋里，洗洗手，喝一杯热茶，道一声“得罪”，出门上马。只听见他的马的銮铃声“哗棱哗棱”……走远了。

陈小手活人多矣。

有一年，来了联军。我们那里那几年打来打去的，是两支军队。一支是国民革命军，当地称之为“党军”；相对的一支是孙传芳的军队。孙传芳自称“五省联军总司令”，他的部队就被称为“联军”。联军驻扎在天王庙，有一团人。团长的太太（谁知道是正太太还是姨太太），要生了，生不下来。叫来几个老娘，还是弄不出来。这太太杀猪也似的乱叫。团长派人去叫陈小手。

陈小手进了天王庙。团长正在产房外面不停地“走柳”。见了陈小手，说：

“大人，孩子，都得给我保住！保不住要你的脑袋！进去吧！”

这女人身上的脂油太多了，陈小手费了九牛二虎之力，总算把孩子掏出来了。和这个胖女人较了半天劲，累得他筋疲力尽。他迤里歪斜走出来，对团长拱拱手：“团长！恭喜您，是个男伢子，少爷！”

团长龇牙笑了一下，说：“难为你了！——请！”

外边已经摆好了一桌酒席。副官陪着。陈小手喝了两盅。团长拿出二十块现大洋，往陈小手面前一送：“这是给你的！——别嫌少哇！”

“太重了！太重了！”

喝了酒，揣上二十块现大洋，陈小手告辞了：“得罪！得罪！”

“不送你了！”

陈小手出了天王庙，跨上马。团长掏出枪来，从后面，一枪就把他打下来了。

团长说：“我的女人，怎么能让他摸来摸去！她身上，除了我，任何男人都不许碰！这小子，太欺负人了！日他奶奶！”团长觉得怪委屈。

陈四

陈四是个瓦匠，外号“向大人”。

我们那个城里，没有多少娱乐。除了听书，瞧戏，大家最有兴趣的便是看会，看迎神赛会——我们那里叫做“迎会”。

所迎的神，一是城隍，一是都土地。城隍老爷是阴间的一县之主，但是他的爵位比阳间的县知事要高得多，敕封“灵应侯”。他的气派也比县知事要大得多。县知事出巡，哪有这样威严，这样多的仪仗队伍，还有各种杂耍玩艺的呢？再说打我记事起，就没见过县知事出巡过，他们只是坐了一顶小轿或坐了自备的黄包车到处去拜客。都土地东西南北四城都有，保佑境内的黎民，地位相当于一个区长。他比活着的区长要神气得多，但比城隍菩萨可就差了一大截了。他的爵位是“灵显伯”。都土地都是有名有姓的。我所居住的东城的都土地是张巡。张巡为什么会到我的家乡来当都土地呢，他又不是战死在我们那里的，这一点我始终没有弄明白。张巡是太守，死后为什么倒降职成了区长了呢？我也不明白。

都土地出巡是没有什么看头的。短簇簇的一群人，打着一些稀稀落落的仪仗，把都天菩萨（都土地为什么被称为“都天菩萨”，这一点我也不明白）抬出来转一圈，无声无息地，一会儿就过完了。所谓“看会”，实际上指的是看赛城隍。

我记得的赛城隍是在夏秋之交，阴历的七月半，正是大热的时候。不过好像也有在十月初出会的。

那真是万人空巷，倾城出观。到那天，凡城隍所经的要闹之处的店铺就都做好了准备：燃香烛，挂宫灯，在店堂前面和临街的柜台里面放好了长凳，有楼的则把楼窗全部打开，烧好了茶水，等着东家和熟主顾人家的眷属光临。这时正是各种瓜果下来的时候，牛角酥、奶奶哼（一种很“面”的香瓜）、红瓤西瓜、三白西瓜、鸭梨、槟子、海棠、石榴，都已上市，瓜香果味，飘满一街。各种卖吃食的都出动了，争奇斗胜，吟叫百端。到了八九点钟，看会的都来了。老太太、大小姐、小少爷。老太太手里拿着檀香佛珠，大小姐衣襟上挂着一串白兰花。佣人手里提着食盒，里面是兴化饼子、绿豆糕，各种精细点心。远远听见鞭炮声、锣鼓声，“来了，来了！”于是各自坐好，等着。

我们那里的赛会和鲁迅先生所描写的绍兴的赛会不尽相同。前面并无所谓“塘报”。打头的是“拜香的”。都是一些十六七岁的小伙子，光头净脸，头上系一条黑布带，前额缀一朵红绒球，青布衣衫，赤脚草鞋，手端一个红漆的小板凳，板凳一头钉着一个铁管，上插一支安息香。他们合着节拍，依次走着，每走十步，一齐回头，把板凳放到地上，算是一拜，随即转向再走。这都是为了父母生病到城隍庙许了愿的，“拜香”是还愿。后面是“挂香”的，则都是壮汉，用一个小铁钩勾进左右手臂的肉里，下系一个带链子的锡香炉，炉里烧着檀香。挂香多的可至香炉三对。这也是还愿的。后面就是各种玩艺了。

十番锣鼓音乐篷子。一个长方形的布篷，四面绣花篷檐，下缀走水流苏。四角支竹竿，有人撑着。里面是吹手，一律是笙箫细乐，边走边吹奏。锣鼓篷悉有五七篷，每隔一段玩艺有一篷。

茶担子。金漆木桶。桶口翻出，上置一圈细瓷茶杯，桶内和杯内都装了香茶。

花担子。鲜花装饰的担子。

挑茶担子、花担子的扁担都极软，一步一颤。脚步要匀，三进一退，各依节拍，不得错步。茶担子、花担子虽无很难的技巧，但几十副担子同时进退，整整齐齐，亦颇婀娜有致。

舞龙。

舞狮子。

跳大头和尚戏柳翠。[①]

跑旱船。

跑小车。

最清雅好看的是“站高肩”。下面一个高大结实的男人，挺胸调息，稳稳地走着，肩上站着一个孩子，也就是五六岁，都扮着戏，青蛇、白蛇、法海、许仙，关、张、赵、马、黄，李三娘、刘知远、咬脐郎、火公窦老……他们并无动作，只是在大人的肩上站着，但是衣饰鲜丽，孩子都长得清秀伶俐，惹人疼爱。“高肩”不是本城所有，是花了大钱从扬州请来的。

后面是高跷。

再后面是跳判的。判有两种，一种是“地判”，一文一武，手执朝笏，边走边跳。一种是“抬判”。两根杉篙，上面绑着一个特制的圈椅，由四个人抬着。圈椅上蹲着一个判官。下面有人举着一个扎在一根细长且薄的竹片上的红绸做的蝙蝠，逗着判官。竹片极软，有弹性，忽上忽下，判官就追着蝙蝠，做出各种带舞蹈性的动作。他有时会跳到椅背上，甚至能在上面打飞脚。抬判不像地判只是在地面做一些滑稽的动作，这是要会一点“轻功”的。有一年看会，发现跳抬判

①即唐宋杂戏里的《月明和尚戏柳翠》，演和尚的戴一个纸浆做成的很大的和尚脑袋，白色的脑袋，淡青的头皮，嘻嘻地笑着。我们那里已不知和尚法名月明，只是叫他“大头和尚”。

的竟是我的小学的一个同班同学，不禁哑然。

迎会的玩艺到此就结束了。这些玩艺的班子，到了一些大店铺的门前，店铺就放鞭炮欢迎，他们就会停下来表演一会，或绕两个圈子。店铺常有犒赏。南货店送几大包蜜枣，茶食店送糕饼，药店送凉药洋参，绸缎店给各班挂红，钱庄则干脆扛出一钱板一钱板的铜元，俵散众人。

后面才真正是城隍老爷（叫城隍为“老爷”或“菩萨”都可以，随便的）自己的仪仗。

前面是开道锣。几十面大筛同时敲动。筛极大，得吊在一根杆子上，前面担在一个人的肩上，后面的人担着杆子的另一头，敲。大筛的节奏是非常单调的：哐（锣槌头一击）定定（槌柄两击筛面）哐定定哐，哐定定哐定定哐……如此反复，绝无变化。唯其单调，所以显得很庄严。

后面是虎头牌。长方形的木牌，白漆，上画虎头，黑漆扁宋体黑字，大书“肃静”“回避”“敕封灵应侯”“保国佑民”。

后面是伞——万民伞。伞有多柄，都是各行同业公会所献，彩缎绣花，缂丝平金，各有特色。我们县里最讲究的几柄伞却是纸伞。硖石所出。白宣纸上扎出芥子大的细孔，利用细孔的虚实，衬出虫鱼花鸟。这几柄宣纸伞后来被城隍庙的道士偷出来拆开一扇一扇地卖了，我父亲曾收得几扇。我曾看过纸伞的残片，真是精细绝伦。

最后是城隍老爷的“大驾”。八抬大轿，抬轿的都是全城最好的轿夫。他们踏着细步，稳稳地走着。轿顶四面鹅黄色的流苏均匀地起伏摆动着。城隍老爷一张油白大脸，疏眉细眼，五绺长须，蟒袍玉带，手里捧着一柄很大的折扇，端端地坐在轿子里。这时，人们的脸上都严肃起来了，正如鲁迅先生所说：诚惶诚恐，不胜屏营待命之至。

城隍老爷要在行宫（也是一座庙里）待半天，到傍晚时才“回宫”。回宫时就只剩下少许人扛着仪仗执事，抬着轿子，飞跑着从街上走过，没有人看了。

且说高跷。

我见过几个地方的高跷，都不如我们那里的。我们那里的高跷，一是高，高至丈二。踩高跷的中途休息，都是坐在人家的房檐口。我们县的踩高跷的都是瓦匠，无一例外。瓦匠不怕高。二是能玩出许多花样。

高跷队前面有两个“开路”的，一个手执两个棒槌，不停地“郭郭，郭郭”地敲着。一个手执小铜锣，敲着“光光，光光”。他们的声音合在一起，就是“郭郭，光光；郭郭，光光”。我总觉得这“开路”的来源是颇久远的。老远地听见“郭郭，光光”，就知道高跷来了，人们就振奋起来。

高跷队打头的是渔、樵、耕、读。就中以渔公、渔婆最逗。他们要矮身蹲在高跷上横步跳来跳去做钓鱼撒网各种动作，重心很不好掌握。后面是几出戏文。戏文以《小上坟》最动人。小丑和旦角都要能踩“花梆子”碎步。这一出是带唱的。唱的腔调是柳枝腔。当中有一出“贾大老爷”。这贾大老爷不知是何许人，只是一个衙役在戏弄他，贾大老爷不时对着一个夜壶口喝酒。他的颟顸总是引得看的人大笑。殿底的是“火烧向大人”。三个角色：一个铁公鸡，一个张嘉祥，一个向大人。向大人名荣，是清末的大将，以镇压太平天国有功，后死于任。看会的人是不管他究竟是谁的，也不论其是非功过，只是看扮演向大人的“演员”的功夫。那是很难的。向大人要在高跷上蹚马，在高跷上坐轿——两只手抄在前面，“存”着身子，两只脚（两只跷）一蹽一蹽地走，有点像戏台上“走矮子”。他还要能在高跷上做“探海”“射雁”这些在平地上也不好做的高难动作（这可真是“高难”，又高又难）。到了挨火烧的时候，还要左右躲闪，簸脑袋，甩胡须，连连转圈。到了这时，两旁店铺里的看会人就会炸雷也似的大声叫起“好”来。

擅长表演向大人的，只有陈四，别人都不如。

到了会期，陈四除了在县城表演一回，还要到三垛去赶一场。县城到三垛，四十五里。陈四不卸装，就登在高跷上沿着澄子河堤赶了去。赶到那里，准不误事。三垛的会，不见陈四的影子，菩萨的大驾不起。

有一年，城里的会刚散，下了一阵雷暴雨，河堤上不好走，他一路赶去，差点没摔死。到了三垛，已经误了。

三垛的会首乔三太爷抽了陈四一个嘴巴，还罚他当众跪了一炷香。

陈四气得大病了一场。他发誓从此再也不踩高跷。陈四还是当他的瓦匠。

到冬天，卖灯。

冬天没有什么瓦匠活，我们那里的瓦匠冬天大都以糊纸灯为副业，到了灯节前，摆摊售卖。陈四的灯摊就摆在保全堂廊檐下。他糊的灯很精致。荷花灯、绣球灯、兔子灯。他糊的蛤蟆灯，绿背白腹，背上用白粉点出花点，四只爪子是活的，提在手里，来回划动，极其灵巧。我每年要买他一盏蛤蟆灯，接连买了好几年。

陈泥鳅

邻近几个县的人都说我们县的人是黑屁股。气得我的一个姓孙的同学，有一次当着很多人褪下了裤子让人看：“你们看！黑吗？”我们当然都不是黑屁股。黑屁股指的是一种救生船。这种船专在大风大浪的湖水中救人、救船，因为船尾涂成黑色，所以叫做黑屁股。说的是船，不是人。

陈泥鳅就是这种救生船上的一个水手。

他水性极好，不愧是条泥鳅。运河有一段叫清水潭。因为民国十年、民国二十年都曾在这里决口，把河底淘成了一个大潭。据说这里的水深，三篙子都打不到底。行船到这里，不能撑篙，只能荡桨。水流也很急，水面上拧着一个一个漩涡。从来没有人敢在这里游水。陈泥鳅有一次和人打赌，一气游了个来回。当中有一截，他半天不露脑袋，半天半天，岸上的人以为他沉了底，想不到一会，他笑嘻嘻地爬上岸来了！

他在通湖桥下住。非遇风浪险恶时，救生船一般是不出动的。他看看天色，知道湖里不会出什么事，就待在家里。他也好义，也好利。湖里大船出事，下水救人，这时是不能计较报酬的。有一次一只装豆子的船在琵琶闸炸了，炸得粉碎。事后知道，是因为船底有一道小缝漏水，水把豆子浸湿了，豆子吃了水，突然间一齐膨胀起来，

“砰”的一声把船撑炸了——那力量是非常之大的。船碎了，人掉在水里。这时跳下水救人，能要钱么？民国二十年，运河决口，陈泥鳅在激浪里救起了很多人。被救起的都已经是家破人亡，一无所有了，陈泥鳅连人家的姓名都没有问，更谈不上要什么酬谢了。在活人身上，他不能讨价；在死人身上，他却是不少要钱的。

人淹死了，尸首找不着。事主家里一不愿等尸首泡胀了漂上来，二不愿尸首被“四水捋子”[①]钩得稀烂八糟，这时就会来找陈泥鳅。陈泥鳅不但水性好，且在水中能开眼见物。他就在出事地点附近，察看水流风向，然后一个猛子扎下去，潜入水底，伸手摸触。几个猛子之后，他准能把一个死尸托上来。不过得事先讲明，捞上来给多少酒钱，他才下去。有时讨价还价，得磨半天。陈泥鳅不着急，人反正已经死了，让他在水底多待一会没事。

陈泥鳅一辈子没少挣钱，但是他不置产业，一个积蓄也没有。他花钱很散漫，有钱就喝酒尿了，赌钱输了。有的时候，也偷偷地赒济一些孤寡老人，但嘱咐千万不要说出去。他也不娶老婆。有人劝他成个家，他说：“瓦罐不离井上破，大将难免阵头亡。淹死会水的。我见天跟水闹着玩，不定哪天龙王爷就把我请了去。留下孤儿寡妇，我死在阴间也不踏实。这样多好，吃饱了一家子不饥，无牵无挂！”

通湖桥桥洞里发现了一具女尸。怎么知道是女尸？她的长头发在洞口外飘动着。行人报了乡约，乡约报了保长，保长报到地方公益

① “四水捋子”是一种在水中打捞东西的用具，四面有弯钩，状如一小铁锚，而钩尖极锐利。

会。桥上桥下，围了一些人看。通湖桥是直通运河大闸的一道桥，运河的水由桥下流进澄子河。这座桥的桥洞很高，洞身也很长，但是很狭窄，只有人的肩膀那样宽。桥以西，桥以东，水面落差很大，水势很急，翻花卷浪，老远就听见訇訇的水声，像打雷一样。大家研究，这女尸一定是从大闸闸口冲下来的，不知怎么会卡在桥洞里了。不能就让她这么在桥洞里堵着。可是谁也想不出办法，谁也不敢下去。去找陈泥鳅。

陈泥鳅来了，看了看。他知道桥洞里有一块石头，突出一个尖角（他小时候老在洞里钻来钻去，对洞里每一块石头都熟悉）。这女人大概是身上衣服在这个尖角上绊住了。这也是个巧劲儿，要不，这样猛的水流，早把她冲出来了。“十块现大洋，我把她弄出来。”

“十块？”公益会的人吃了一惊，“你要得太多了！”

“是多了点。我有急用。这是玩命的事！我得从桥洞西口顺水窜进桥洞，一下子把她拨拉动了，就算成了。就这一下。一下子拨拉不动，我就会塞在桥洞里，再也出不来了！你们也都知道，桥洞只有肩膀宽，没法转身。水流这样急，退不出来。那我就只好陪着她了。”

大家都说：“十块就十块吧！这是砂锅捣蒜，一锤子！”陈泥鳅把浑身衣服脱得光光的，道了一声：“对不起了！”纵身入水，顺着水流，笔直地窜进了桥洞。大家都捏着一把汗。只听见欻的一声，女尸冲出来了。接着陈泥鳅从东面洞口凌空窜进了水面。大家伙发了一声喊：“好水性！”

陈泥鳅跳上岸来，穿了衣服，拿了十块钱，说了声“得罪得罪！”转身就走。

大家以为他又是进赌场、进酒店了。没有，他径直地走进陈五奶奶家里。

陈五奶奶守寡多年。她有个儿子，去年死了，儿媳妇改了嫁，留下一个孩子。陈五奶奶就守着小孙子过，日子很折皱[①]。这孩子得了急惊风，浑身滚烫，鼻翅扇动，四肢抽搐，陈五奶奶正急得两眼发直。陈泥鳅把十块钱交在她手里，说："赶紧先到万全堂，磨一点羚羊角，给孩子喝了，再抱到王淡人那里看看！"

说着抱了孩子，拉了陈五奶奶就走。

陈五奶奶也不知哪里来的劲，跟着他一同走得飞快。

---

①这是我的家乡话，意思是很困难，很不顺利。

王二是这条街的人看着他发达起来的。

不知从什么时候起，他就在保全堂药店廊檐下摆一个熏烧摊子。“熏烧”就是卤味。他下午来，上午在家里。

他家在后街濒河的高坡上，四面不挨人家。房子很旧了，碎砖墙，草顶泥地，倒是不仄逼，也很干净，夏天很凉快。一共三间。正中是堂屋，在“天地君亲师”的下面便是一具石磨。一边是厨房，也就是作坊。一边是卧房，住着王二的一家。他上无父母，嫡亲的只有四口人，一个媳妇，一儿一女。这家总是那么安静，从外面听不到什么声音。后街的人家总是吵吵闹闹的。男人揪着头发打老婆，女人拿火叉打孩子，老太婆用菜刀剁着砧板诅咒偷了她的下蛋鸡的贼。王家从来没有这些声音。他们家起得很早。天不亮王二就起来备料，然后就烧煮。他媳妇梳好头就推磨磨豆腐——王二的熏烧摊每天要卖出很多回卤豆腐干，这豆腐干是自家做的。磨得了豆腐，就帮王二烧火。火光照得她的圆盘脸红红的。（附近的空气里弥漫着王二家飘出的五香味。）后来王二喂了一头小毛驴，她就不用围着磨盘转了，只要把小驴牵上磨，不时往磨眼里倒半碗豆子，注一点水就行了。省出时间，好做针线。一家四口，大裁小剪，很费功夫。两个孩子，大儿子长得像妈，圆乎乎的脸，两个眼睛笑起来一道缝。小女儿像父亲，瘦长脸，眼睛挺大。

儿子念了几年私塾，能记账了，就不念了。他一天就是牵了小驴去饮，放它到草地上去打滚。到大了一点，就帮父亲洗料备料做生意，放驴的差事就归了妹妹了。

每天下午，在上学的孩子放学，人家淘晚饭米的时候，他就来摆他的摊子。他为什么选中保全堂来摆他的摊子呢？是因为这地点好，东街西街和附近几条巷子到这里都不远；因为保全堂的廊檐宽，柜台到铺门有相当的余地；还是因为这是一家药店，药店到晚上生意就比较清淡——很少人晚上上药铺抓药的，他摆个摊子碍不着人家的买卖，都说不清。当初还一定是请人向药店的东家说了好话，亲自登门叩谢过的。反正，有年头了。他的摊子的全副“生财”——这地方把做买卖的用具叫做“生财”，就寄放在药店店堂的后面过道里，挨墙放着，上面就是悬在二梁上的赵公元帅的神龛，这些“生财”包括两块长板，两条三条腿的高板凳（这种高凳一边两条腿，在两头；一边一条腿在当中），以及好几个一面装了玻璃的匣子。他把板凳支好，长板放平，玻璃匣子排开。这些玻璃匣子里装的是黑瓜子、白瓜子、盐炒豌豆、油炸豌豆、兰花豆、五香花生米。长板的一头摆开“熏烧”。“熏烧”除回卤豆腐干之外，主要是牛肉、蒲包肉和猪头肉。这地方一般人家是不大吃牛肉的。吃，也极少红烧、清炖，只是到熏烧摊子去买。这种牛肉是五香加盐煮好，外面染了通红的红曲，一大块一大块地堆在那里。买多少，现切，放在送过来的盘子里，抓一把青蒜，浇一勺辣椒糊。蒲包肉似乎是这个县里特有的。用一个三寸来长直径寸半的蒲包，里面衬上豆腐皮，塞满了加了粉子的碎肉，封了口，拦腰用一道麻绳系紧，成一个葫芦形。煮熟以后，倒出来，也是一个带有蒲包印迹的葫芦。切成片，很香。猪头肉则分门别类地卖，拱嘴、耳朵、脸子——脸子有个专门名词，叫“大肥”。要什么，切什么。到了上灯以后，王二的生意就到了高潮。只见他拿了刀不停地切，一面还忙着收钱，包油炸的、盐炒的豌豆、瓜子，很少有歇一歇的时候。一直忙到九点多钟，在他的两盏高罩的煤油灯里煤油已经点去了一多半，装熏烧的盘子和装豌豆的匣子都已经见了底的时候，他媳妇给他送饭来了，他才用热水擦一把脸，吃晚饭。吃完晚饭，总还有一些零零星星的生意，他不忙收摊子，就端了一杯热茶，坐到保全堂店里的椅子上，听人聊天，一面拿眼睛瞟着他的摊子，见有人走来，就起身切一盘，包两包。他的主顾都是熟人，谁什么时候来，买什么，他心里都是有数的。

这一条街上的店铺、摆摊的，生意如何，彼此都很清楚。近几年，景况都不大好。有几家好一些，但也只是能维持。有的是逐渐地败落下来了。先是货架上的东西越来越空，只出不进，最后就出让“生财”，关门歇业。只有王二的生意却越做越兴旺。他的摊子越摆越大，装炒货的匣子，装熏烧的洋瓷盘子，越来越多。每天晚上到了买卖高潮的时候，摊子外面有时会拥着好些人。好天气还好，遇上下雨下雪（下雨下雪买他的东西的比平常更多），叫主顾在当街打伞站着，实在很不过意。于是经人说合，出了租钱，他就把他的摊子搬到隔壁源昌烟店的店堂里去了。

源昌烟店是个老名号，专卖旱烟，做门市，也做批发。一边是柜台，一边是刨烟的作坊。这一带抽的旱烟是刨成丝的。刨烟师傅把烟叶子一张一张立着叠在一个特制的木床子上，用皮绳木楔卡紧，两腿夹着床子，用一个刨刃有半尺宽的大刨子刨。烟是黄的。他们都穿了白布套裤。这套裤也都变黄了。下了工，脱了套裤，他们身上也到处是黄的。头发也是黄的——手艺人都带着他那个行业特有的颜色。染坊师傅的指甲缝里都是蓝的，碾米师傅的眉毛总是白蒙蒙的。原来，源昌号每天有四个师傅、四副床子刨烟。每天总有一些大人孩子站在旁边看。后来减成三个，两个，一个。最后连这一个也辞了。这家的东家就靠卖一点纸烟、火柴、零包的茶叶维持生活，也还卖一点趸来的旱烟、皮丝烟。不知道为什么，原来挺敞亮的店堂变得黑暗了，牌匾上的金字也都无精打采了。那座柜台显得特别的大。大，而空。

王二来了，就占了半边店堂，就是原来刨烟师傅刨烟的地方。他的摊子原来在保全堂廊檐是东西向横放着的，迁到源昌，就改成南北向，直放了。所以，已经不能算是一个摊子，而是半个店铺了。他在原有的板子之外增加了一块，摆成一个曲尺形，俨然也就是一个柜台。他所卖的东西的品种也增加了。即以熏烧而论，除了原有的回卤豆腐干、牛肉、猪头肉、蒲包肉之外，春天，卖一种叫做“鵽”的野味——这是一种候鸟，长嘴长脚，因为是桃花开时来的，不知是哪位文人雅士给它起了一个名称叫“桃花鵽”；卖鹌鹑；入冬以后，他就挂起一个长条形的玻璃镜框，里面用大红蜡笺写了泥金字：“即日起新添美味羊糕五香兔肉”。这地方人没有自己家里做羊肉的，都是从熏烧摊上买。只有一种吃法：带皮白煮，冻实，切片，加青蒜、辣椒糊，还有一把必不可少的胡萝卜丝（据说这是最能解膻气的）。酱油、醋，买回来自己加。兔肉，也像牛肉似的加盐和五香煮，染了通红的红曲。

这条街上过年时的春联是各式各样的。有的是特制嵌了字号的。比如保全堂，就是由该店拔贡出身的东家拟制的“保我黎民，全登寿域”；有些大字号，比如布店，口气很大，贴的是“生涯宗子贡，贸易效陶朱”，最常见的是“生意兴隆通四海，财源茂盛达三江”；小本经营的买卖的则很谦虚地写出：“生意三春草，财源雨后花”。这末一副春联，用于王二的超摊子准铺子，真是再贴切不过了，虽然王二并没有想到贴这样一副春联——他也没处贴呀，这铺面的字号还是“源昌”。他的生意真是三春草、雨后花一样地起来了。“起来”最显眼的标志是他把长罩煤油灯撤掉，挂起一盏呼呼作响的汽灯。须知，汽灯这东西只有钱庄、绸缎庄才用，而王二，居然在一个熏烧摊子的上面，挂起来了。这白亮白亮的汽灯，越显得源昌柜台里的一盏煤油灯十分的暗淡了。

王二的发达，是从他的生活也看得出来的。第一，他可以自由地去听书。王二最爱听书。走到街上，在形形色色招贴告示中间，他最注意的是说书的报条。那是三寸宽，四尺来长的一条黄颜色的纸，浓墨写道：“特聘维扬×××先生在×××（茶馆）开讲××（三国、水浒、岳传……）是月×日起风雨无阻。”以前去听书都要经过考虑。一是花钱，二是费时间，更主要的是考虑这于他的身份不大相称：一个卖熏烧的，常常听书，怕人议论。近年来，他觉得可以了，想听就去。小蓬莱、五柳园（这都是说书的茶馆），都去，三国、水浒、岳传，都听。尤其是夏天，天长，穿了竹布的或夏布的长衫，拿了一吊钱，就去了。下午的书一点开书，不到四点钟就“明日请早”

了（这里说书的规矩是在说书先生说到预定的地方，留下一个扣子，跑堂的茶房高喝一声“明日请早——”听客们就纷纷起身散场），这耽误不了他的生意。他一天忙到晚，只有这一段时间得空。第二，过年推牌九，他在下注时不犹豫。王二平常绝不赌钱，只有过年赌五天。过年赌钱不犯禁，家家店铺里都可赌钱。初一起，不做生意，铺门关起来，里面黑洞洞的。保全堂柜台里身，有一个小穿堂，是供神农祖师的地方，上面有个天窗，比较亮堂。拉开神农画像前的一张方桌，哗啦一声，骨牌和骰子就倒出来了。打麻将多是社会地位相近的，推牌九则不论。谁都可以来。保全堂的“同仁”（除了陶先生和陈相公），替人家收房钱的抡元，卖活鱼的疤眼——他曾得外症，治愈后左眼留一大疤，小学生给他起了个外号叫“巴颜喀拉山”，这外号竟传开了，一街人都叫他巴颜喀拉山，虽然有人不知道这是什么意思——王二。输赢说大不大，说小可也不小。十吊钱推一庄。十吊钱相当于三块洋钱。下注稍大的是一吊钱三三四，一吊钱分三道：三百、三百、四百。七点赢一道，八点赢两道，若是抓到一副九点或是天地杠，庄家赔一吊钱。王二下“三三四”是常事。有时竟会下到五吊钱一注孤丁，把五吊钱稳稳地推出去，心不跳，手不抖。（收房钱的抡元下到五百钱一注时手就抖个不住。）赢得多了，他也能上去推两庄。推牌九这玩意，财越大，气越粗，王二输的时候竟不多。

王二把他的买卖乔迁到隔壁源昌去了，但是每天九点以后他一定还是端了一杯茶到保全堂店堂里来坐个点把钟。儿子大了，晚上再来的零星生意，他一个人就可以应付了。

且说保全堂。

这是一家门面不大的药店。不知为什么，这药店的东家用人，不用本地人，从上到下，从管事的到挑水的，一律是淮城人。他们每年有一个月的假期，轮流回家，去干传宗接代的事。其余十一个月，都住在店里。他们的老婆就守十一个月的寡。药店的“同仁”，一律称为“先生”。先生里分为几等。一等的是“管事”，即经理。当了管事就是终身职务，很少听说过有东家把管事辞了的。除非老管事病故，才会延聘一位新管事。当了管事，就有“身股”，或称“人股”，到了年底可以按股分红。因此，他对生意是兢兢业业，忠心耿耿的。东家从不到店，管事负责一切。他照例一个人单独睡在神农像后面的一间屋子里，名叫“后柜”。总账、银钱，贵重的药材如犀角、羚羊、麝香，都锁在这间屋子里，钥匙在他身上——人参、鹿茸不算什么贵重东西。吃饭的时候，管事总是坐在横头末席，以示代表东家奉陪诸位先生。熬到“管事”能有几人？全城一共才有那么几家药店。保全堂的管事姓卢。二等的叫“刀上”，管切药和“跌”丸药。药店每天都有很多药要切，“饮片”切得整齐不整齐，漂亮不漂亮，直接影响生意好坏。内行人一看，就知道这药是什么人切出来的。“刀上”是个技术人员，薪金最高，在店中地位也最尊。吃饭时他照例坐在上首的二席——除了有客，头席总是虚着的。逢年过节，药王生日（药王不是神农氏，却是孙思邈），有酒，管事的举杯，必得“刀上”先喝一口，大家才喝。保全堂的“刀上”是全县头一把刀，他要是闹脾气辞职，马上就有别家抢着请他去。好在此人虽有点高傲，有点倔，却轻易不发脾气。他姓许。其余的都叫“同事”。那读法却有点特别，重音在“同”字上。他们的职务就是抓药，写账。

"同事"是没有什么了不起的，每年都有被辞退的可能。辞退时"管事"并不说话，只是在腊月有一桌辞年酒，算是东家向"同仁"道一年的辛苦，只要是把哪位"同事"请到上席去，该"同事"就二话不说，客客气气地卷起铺盖另谋高就。当然，事前就从旁漏出一点风声的，并不当真是打一闷棍。该辞退"同事"在八月节后就有预感。有的早就和别家谈好，很潇洒地走了；有的则请人斡旋，留一年再看。后一种，总要作一点"检讨"，下一点"保证"。"回炉的烧饼不香"，辞而不去，面上无光，身价就低了。保全堂的陶先生，就已经有三次要被请到上席了。他咳嗽痰喘，人也不精明。终于没有坐上席，一则是同行店伙纷纷来说情：辞了他，他上谁家去呢？谁家会要这样一个痰篓子呢？这岂非绝了他的生计？二则，他还有一点好处，即不回家。他四十多岁了，却没有传宗接代的任务，因为他没有娶过亲。这样，陶先生就只有更加勤勉，更加谨慎了。每逢他的喘病发作时，有人问："陶先生，你这两天又不大好吧？"他就一面喘嗽着一面说："啊不，很好，很（呼噜呼噜）好！"

以上，是"先生"一级。"先生"以下，是学生意的。药店管学生意的却有一个奇怪称呼，叫做"相公"。

因此，这药店除煮饭挑水的之外，实有四等人："管事""刀上""同事""相公"。

保全堂的几位"相公"都已经过了三年零一节，满师走了。现有的"相公"姓陈。

陈相公脑袋大大的，眼睛圆圆的，嘴唇厚厚的，说话声气粗粗的——呜噜呜噜地说不清楚。

他一天的生活如下：起得比谁都早。起来就把“先生”们的尿壶都倒了涮干净控在厕所里。扫地。擦桌椅，擦柜台。到处掸土。开门。这地方的店铺大都是“铺闼子门”——一列宽可一尺的厚厚的门板嵌在门框和门槛的槽子里。陈相公就一块一块卸出来，按“东一”“东二”“东三”“东四”“西一”“西二”“西三”“西四”次序，靠墙竖好。晒药，收药。太阳出来时，把许先生切好的“饮片”、“跌”好的丸药，都放在匾筛里，用头顶着，爬上梯子，到屋顶的晒台上放好；傍晚时再收下来。这是他一天最快乐的时候。他可以登高四望。看得见许多店铺和人家的房顶，都是黑黑的。看得见远处的绿树，绿树后面缓缓移动的帆。看得见鸽子，看得见飘动摇摆的风筝。到了七月，傍晚，还可以看巧云。七月的云多变幻，当地叫做“巧云”。那是真好看呀：灰的、白的、黄的、橘红的，镶着金边，一会一个样，像狮子的，像老虎的，像马、像狗的。此时的陈相公，真是古人所说的“心旷神怡”。其余的时候，就很刻板枯燥了。碾药。两脚踏着木板，在一个船形的铁碾槽子里碾。倘若碾的是胡椒，就要不停地打喷嚏。裁纸。用一个大弯刀，把一沓一沓的白粉连纸裁成大小不等的方块，包药用。刷印包装纸。他每天还有两项例行的公事。上午，要搓很多抽水烟用的纸枚子。把装铜钱的钱板翻过来，用“表心纸”一根一根地搓。保全堂没有人抽水烟，但不知什么道理每天都要搓许多纸枚子，谁来都可取几根，这已经成了一种“传统”。下午，擦灯罩。药店里里外外，要用十来盏煤油灯。所有灯罩，每天都要擦一遍。晚上，摊膏药。从上灯起，直到王二过店堂里来闲坐，他一直都在摊膏药。到十点多钟，把先生们的尿壶都放到他们的床下，该吹灭的灯都吹灭了，上了门，他就可以准备睡觉了。先生们都睡在后面的厢屋里，陈相公睡在店堂里。把铺板一放，铺盖摊开，这就是他一个人的天地了。临睡前他总要背两篇《汤头歌诀》——药店的先生总要懂一点医道。小户人家有病不求医，到药店来说明病状，先生们随口就要说出：“吃一剂小柴胡汤吧”“服三副藿香正气丸”“上一点七厘散”。有时，坐在被窝里想一会家，想想他的多年守寡的母亲，想想他家房门背后的一张贴了多年的麒麟送子的年画。想不一会，困了，把脑袋放倒，立刻就响起了很大的鼾声。

陈相公已经学了一年多生意了。他已经给赵公元帅和神农爷烧了三十次香。初一、十五，都要给这二位烧香，这照例是陈相公的事。赵公元帅手执金鞭，身骑黑虎，两旁有一副八寸长的黑地金字的小对联：“手执金鞭驱宝至，身骑黑虎送财来”。神农爷虬髯披发，赤身露体，腰里围着一圈很大的树叶，手指甲、脚指甲都很长，一只手捏着一棵灵芝草，坐在一块石头上。陈相公对这二位看得很熟，烧香的时候很虔敬。

陈相公老是挨打。学生意没有不挨打的，陈相公挨打的次数也似稍多了一点。挨打的原因大都是因为做错了事：纸裁歪了，灯罩擦破了。这孩子也好像不大聪明，记性不好，做事迟钝。打他的多是卢先生。卢先生不是暴脾气，打他是为他好，要他成人。有一次可挨了大打。他收药，下梯一脚踩空了，把一匾筛泽泻翻到了阴沟里。这回打他的是许先生。他用一根闩门的木棍没头没脑地把他痛打了一顿，打得这孩子哇哇地乱叫：“哎呀！哎呀！我下回不了！下回不了！哎呀！哎呀！我错了！哎呀！哎呀！”谁也不能去劝，因为知道许先生的脾气，越劝越打得凶，何况他这回的错是不小（泽泻不是贵药，但切起来很费工，要切成厚薄一样，状如铜钱的圆片）。后来还是煮饭的老朱来劝住了。这老朱来得比谁都早，人又出名的忠诚梗直。他从来没有正经吃过一顿饭，都是把大家吃剩的残汤剩水泡一点锅巴吃。因此，一店人都对他很敬畏。他一把夺过许先生手里的门闩，说了一句话："他也是人生父母养的！"

陈相公挨了打，当时没敢哭。到了晚上，上了门，一个人呜呜地哭了半天。他向他远在故乡的母亲说："妈妈，我又挨打了！妈妈，不要紧的，再挨两年打，我就能养活你老人家了！"

王二每天到保全堂店堂里来，是因为这里热闹。别的店铺到九点多钟，就没有什么人，往往只有一个管事在算账，一个学徒在打盹。保全堂正是高朋满座的时候。这些先生都是无家可归的光棍，这时都聚集到店堂里来。还有几个常客，收房钱的抡元，卖活鱼的巴颜喀拉山，给人家熬鸦片烟的老炳，还有一个张汉。这张汉是对门万顺酱园连家的一个亲戚兼食客，全名是张汉轩，大家却都叫他张汉。大概是觉得已经沦为食客，就不必"轩"了。此人有七十岁了，长得活脱像一个伏尔泰，一张尖脸，一个尖尖的鼻子。他年轻时在外地做过幕，走过很多地方，见多识广，什么都知道，是个百事通。比如说抽烟，他就告诉你烟有五种：水、旱、鼻、雅、潮，"雅"是鸦片。"潮"是潮烟，这地方谁也没见过。说喝酒，他就能说出山东黄、状元红、莲花白……说喝茶，他就告诉你狮峰龙井、苏州的碧螺春，云南的"烤茶"是在怎样一个罐里烤的，福建的功夫茶的茶杯比酒盅还小，就是吃了一只炖肘子，也只能喝三杯，这茶太酽了。他熟读《子不语》《夜雨秋灯录》，能讲许多鬼狐故事。他还知道云南怎样放蛊，湘西怎样赶尸。他还亲眼见到过旱魃、僵尸、狐狸精，有时间，有地点，有鼻子有眼。三教九流，医卜星相，他全知道。他读过《麻衣神相》《柳庄神相》，会算“奇门遁甲”“六壬课”“灵棋经”。他总要到快九点钟时才出现（白天不知道他干什么），他一来，大家精神为之一振，这一晚上就全听他一个人白话。他很会讲，起承转合，抑扬顿挫，有声有色。他也像说书先生一样，说到筋节处就停住了，慢慢地抽烟，急得大家一劲地催他：“后来呢？后来呢？”这也是陈相公一天比较快乐的时候。他一边摊着膏药，一边听着。有时，听得太入神了，摊膏药的扦子停留在油纸上，会废掉一张膏药。他一发现，赶紧偷偷塞进口袋里。这时也不会被发现，不会挨打。

有一天，张汉谈起人生有命。说朱洪武、沈万山、范丹是同年同月同日同时，都是丑时建生，鸡鸣头遍。但是一声鸡叫，可就命分三等了：抬头朱洪武，低头沈万山，勾一勾就是穷范丹。朱洪武贵为天子，沈万山富甲天下，穷范丹冻饿而死。他又说凡是成大事业，有大作为，兴旺发达的，都有异相，或有特殊的秉赋。汉高祖刘邦，股有七十二黑子——就是屁股上有七十二颗黑痣，谁有过？明太祖朱元璋，生就是五岳朝天——两额、两颧、下巴，都突出，状如五岳，谁有过？樊哙能把一个整猪腿生吃下去，燕人张翼德，睡着了也睁着眼睛。就是市井之人，凡有走了一步好运的，也莫不有与众不同之处。必有非常之人，乃成非常之事。大家听了，不禁暗暗点头。

张汉猛吸了几口旱烟，忽然话锋一转，向王二道：“即以王二而论，他这些年飞黄腾达，财源茂盛，也必有其异秉。”

“……？”

王二不解何为“异秉”。

“就是与众不同，和别人不一样的地方。你说说，你说说！”

大家也都怂恿王二：“说说！说说！”

王二虽然发了一点财，却随时不忘自己的身份，从不僭越自大，在大家敦促之下，只有很诚恳地欠一欠身说：“我呀，有那么一点，大小解分清。”他怕大家不懂，又解释道：“我解手时，总是先解小手，后解大手。”

张汉一听，拍了一下手，说：“就是说，不是屎尿一起来，难得！”

说着，已经过了十点半了，大家起身道别。该上门了。卢先生向柜台里一看，陈相公不见了，就大声喊：“陈相公！”喊了几声，没人应声。

原来陈相公在厕所里。这是陶先生发现的。他一头走进厕所，发现陈相公已经蹲在那里。本来，这时候都不是他们俩解大手的时候。

一缶客茶，半支素烛，主人的深情。

“今夜竟挂了单呢。”年轻人想想颇自好笑。

他的周身结束告诉曾经长途行脚的人，这样的一个人，走到这样冷僻的地方，即使身上没有带着钱粮，也会自己设法寻找一点东西来慰劳一天的跋涉，山上多的是松鸡野兔子。所以只说一声：

“对不起，庙中没有热水，施主不能洗脚了。”

接过土缶放下烛台，深深一稽首竟自翩然去了，这一稽首里有多少无言的祝福，他知道行路的人睡眠是多么香甜，这香甜谁也没有理由分沾一点去。

然而出家人的长袖如黄昏蝙蝠的翅子，扑落一点神秘的迷惘，淡淡的却是永久的如陈年的檀香的烟。

“竟连谢谢也不容说一声，知道明早什么时候便会上路了呢？——这烛该是信男善女们供奉的，蜜呢，大概庙后有不少蜂巢吧，那一定有不少野生的花了啊，花许是栀子花、金银花……”

他伸手一弹烛焰，其实烛花并没有长。

“这和尚是住持？是知客？都不是！因为我进庙后就没看见过第二个人，连狗也不养一条，然而和尚绝不像一个人住着，佛座前放着两卷经，木鱼旁还有一个磬……他许有个徒弟，到远远的地方去乞食了吧……

“这样一个地方，除了做和尚是什么都不适合的……”

何处有丁丁的声音，像一串散落的珠子，掉入静清的水里，一圈一圈漾开来，他知道这绝不是磬。他如同醒在一个淡淡的梦外。

集起涣散的眼光，回顾室内：沙地，白垩墙，矮桌旁一具草榻，草榻上一个小小的行囊，行囊虽然是小的，里面有萧萧的物事，但尽够他用了，他从未为里面缺少些什么东西而给自己加上一点不幸。

霍地抽出腰间的宝剑，烛影下寒光逼人，墙上的影子大有起舞之意。

在先，有一种力量督促他，是他自己想使宝剑驯服，现在是这宝剑不甘一刻被冷落，他归降于他的剑了，宝剑有一种夺人的魅力，她逼出年轻人应有的爱情。

他记起离家的前夕，母亲替他裹了行囊，抽出这剑跟他说了许多话，那些话是他已经背得烂熟了的，他一日不会忘记自己的家，也绝不会忘记那些话。最后还让他再念一遍父亲临死的遗嘱：

“这剑必须饮我的仇人的血！”

当他还在母亲的肚里的时候，父亲死了，滴尽了最后一滴血，只吐出这一句话，他未叫过一声父亲，可是他深深地记得父亲，如果父亲看着他长大，也许嵌在他心上的影子不会怎么深。

他走过多少地方，一些在他幼年的幻想之外的地方，从未对粘天的烟波发过愁，对连绵的群山出过一声叹息，即使在荒凉的沙漠里也绝不对熠熠的星辰问过路。

起先，燕子和雁子还告诉他一些春秋的消息，但是节令的更递对于一个永远以天涯为家的人是不必有所催促的，他渐渐忘记了自己的年岁，虽然还依旧晓得那天是生日。

“是有路的地方，我都要走遍。”他曾跟母亲承诺过。

曾经跟年老的舵工学得风雨晴晦的智识，向江湖的术士处得来霜雪瘴疠的经验，更从荷箱的郎中的口里掏出许多神奇的秘方，但是这些似乎对他都没有用了，除了将它们再传授给别人。

一切全是熟悉了的，倒是有时故乡的事物会勾起他一点无可奈何的思念，苦竹的篱笆，络着许多藤萝的、晨汲的井，封在滑足的青苔旁的……他有时有意使这些淡淡的记忆淡起来，但是这些纵然如秋来潮汐，仍旧要像潮汐一样地退下去，在他这样的名分下，不容有一点乡愁，而且年轻的人多半不很承认自己为故土所萦系，即使是对自己。

什么东西带在身上都会加上一点重量（那重量很不轻啊）。曾有一个女孩子想送他一个盛水的土瓶，但是他说：

“谢谢你，好心肠的姑娘，愿山风保佑你颊上的酡红，我不要，而且到要的时候自会有的。”

所以他一身无长物，除了一个行囊，行囊也是不必要的，但没有行囊总不像个旅客啊。

当然，“这剑必须饮我仇人的血”他深深地记着。但是太深了，像已经溶化在血里，有时他觉得这事竟似与自己无关。

今晚头上有瓦（也许是茅草吧）有草榻，还有蜡烛与蜜茶，这些都是在他希冀之外的，但是他除了感激之外只有一点很少的喜悦，因为他能在风露里照样做梦。

丁丁的声音紧追着夜风。

他跨出房门（这门是廊房）。殿上一柱红火，在郁黑里招着皈依的心，他从这一点静穆的发散着香气的光里走出。山门未闭，朦胧里看得很清楚。

山门外有一片平地，正是一个舞剑的场所。

夜已深，星很少，但是有夜的光，夜的本身的光，也够照出他的剑花朵朵，他收住最后一着，很踌躇满志，一点轻狂围住他的周身，最后他把剑平地一挥，一些断草飞起来，落在他的襟上。和着溺爱与珍惜，在丁丁的声息中，他小心地把剑插入鞘里。

“施主舞得好剑！”

“见笑，”他有一点失常的高兴，羞涩这和尚什么时候来的？“师父还未睡，法兴不浅！”

“这时候，还有人带着剑。施主想于剑上别有因缘？不是想寻访着什么吗，走了这么多路。”

和尚年事已大，秃头上隐隐有剃不去的白发，但是出家人有另外一副较难磨尽的健康，炯炯眸子在黑地里越教人认识他有许多经典以外的修行，而且似并不拒绝人来叩询。

“师父好精神，不想睡么？”

“出家人坐坐禅，随时都可以养神，而且既无必做的日课，又没有经谶道场，格外清闲些，施主也意不想睡，何妨谈谈呢。”

他很诚实地，把自己的宿志告诉和尚，也知道和尚本是行脚来到的，靠一个人的力量，把这座久已颓圮的废庙修起来，便把漫漫的行程结束在这里，出家人照样有个家的，后来又来了个远方来的头陀，由挂单而常住了。

“怪不道……那个师父在哪儿呢？”他想问问。

“那边，”和尚手一指，“这人似乎比施主更高一些，他说他要走遍天下没有路的地方。”

“哦——”

“那边有一座山，山那边从未有人踏过一个脚印，他一来便发愿打通一条隧道，你听那丁丁的声音，他日夜都在圆这件功德。”

他浮游在一层无端怅惘里，“竟有这样的苦心？”

他恨不得立即走到那丁丁的地方去，但是和尚说：“天就要发白了，等明儿吧。”

明天一早，踏着草上的露水，他走到那夜来向往的山下，行囊都没有带，只带着一口剑，剑是不能离弃须臾的。

一个破蒲团，一个瘦头陀。

头陀的长发披满了双肩，也遮去他的脸，只有两只眼睛，射出饿虎似的光芒，教人触到要打个寒噤。年轻人的身材面貌打扮和一口剑都照入他的眼里。

头陀的袖衣上的风霜，画出他走遍的天涯，年轻人想这头陀一定知道许多事情，所以这地方比任何地方更无足留连，但他不想离开一步。

头陀的话像早干涸了，但几日相处他并不拒绝回答青年人按不住的问讯。

“师父知道这个人么？”一回头伸出左腕，左腕上有一个蓝色的人名，那是他父亲的仇人，这名字是母亲用针刺上去的。

头陀默不作声，也伸出自己的左腕，左腕上一样有一个蓝字的人名，是年轻人的父亲的。

一种异样的空气袭过年轻人的心，他的眼睛扑在头陀的脸上，头陀的瘦削的脸上没有表情，悠然挥动手里的斧錾。

在一阵强烈的颤抖后，年轻人手按到自己宝剑柄上。

——这剑必须饮我仇人的血。

“孝顺的孩子，你别急，我绝不想逃避欠下自己的宿债——但是这还不是时候，须待我把这山凿通了！”

像骤然解得未悬疑问，他，年轻人，接受了头陀的没有丝毫祈求的命令，从此他竟然一点轻微的激动都没有了。

从此丁丁的声音有了和应，青年人也备得一副斧錾，服膺在走遍没路的地方的苦心下，但他似乎忘记身旁有个头陀，正如头陀忘记身旁有一个带剑的年轻人。

日子和石头损蚀在丁丁的声里。

你还要问再后么?

一天，錾子敲在空虚里，一线天光，第一次照入永恒的幽黑。

“呵”，他们齐声礼赞。

再后呢?

宝剑在冷落里自然生锈的，骨头也在世纪的内外也一定要腐烂或凝成了化石。

不许再往下问了，你看北斗星已经高挂在窗子上了。

聊斋新义

人／间／小／暖

瑞云越长越好看了。初一十五，她到灵隐寺烧香，总有一些人盯着她傻看。她长得很白，姑娘媳妇偷偷向她的跟妈打听："她搽的是什么粉？"——"她不搽粉，天生的白嫩。"平常日子，街坊邻居也不大容易见到她，只听见她在小楼上跟师傅学吹箫，拍曲子，念诗。

瑞云过了十四，进十五了。按照院里的规矩，该接客了。养母蔡妈妈上楼来找瑞云。

"姑娘，你大了。是花，都得开。该找一个人梳拢了。"

瑞云在行院中长大，哪有不明白的。她脸上微红了一阵，倒没有怎么太扭捏，爽爽快快地说：

"妈妈说的是。但求妈妈依我一件：钱，由妈妈定；人，要由我自己选。"

"你要选一个什么样的？"

"要一个有情的。"

"有钱的、有势的，好找。有情的，没有。"

"这是我一辈子头一回。哪怕跟这个人过一夜，也就心满意足了。以后，就顾不了许多了。"

蔡妈妈看看这棵摇钱树，寻思了一会，说：

"好。钱由我定，人由你选。不过得有个期限：一年。一年之内，由你。过了一年，由我！今天是三月十四。"

于是瑞云开门见客。

蔡妈妈定例：上楼小坐，十五两；见面贽礼不限。

王孙公子、达官贵人、富商巨贾，纷纷登门求见。瑞云一一接待。贽礼厚的，陪着下一局棋，或当场画一个小条幅、一把扇面。贽礼薄的，敬一杯香茶而已。这些狎客对瑞云各有品评。有的说是清水芙蓉，有的说是未放梨蕊，有的说是一块羊脂玉。一传十，十传百，瑞云身价渐高，成了杭州红极一时的名妓。

余杭贺生，素负才名。家道中落，二十未娶。偶然到西湖闲步，见一画舫，飘然而来。中有美人，低头吹箫。岸上游人，纷纷指点："瑞云！瑞云！"贺生不觉注目。画舫已经远去，贺生还在痴立。回到寓所，茶饭无心。想了一夜，备了一份薄薄的贽礼，往瑞云院中求见。

原来以为瑞云阅人已多，一定不把他这寒酸当一回事。不想一见之后，瑞云款待得很殷勤。亲自涤器烹茶，问长问短。问余杭有什么山水，问他家里都有什么人，问他二十岁了为什么还不娶妻……语声柔细，眉目含情。有时默坐，若有所思。贺生觉得坐得太久了，应该知趣，起身将欲告辞。瑞云拉住他的手，说："我送你一首诗。"诗曰：

何事求浆者，
蓝桥叩晓关。
有心寻玉杵，
端只在人间。

贺生得诗狂喜，还想再说点什么，小丫头来报："客到！"贺生只好仓促别去。

贺生回寓，把诗展读了无数遍。才夹到一本书里，过一会，又抽出来看看。瑞云分明属意于我，可是玉杵向哪里去寻？

过一二日，实在忍不住，备了一份贽礼，又去看瑞云。听见他的声音，瑞云揭开门帘，把他让进去，说：

“我以为你不来了。”

“想不来，还是来了！”

瑞云很高兴。虽然只见了两面，已经好像很熟了。山南海北，琴棋书画，无所不谈。瑞云从来没有和人说过那么多的话，贺生也很少说话说得这样聪明。不知不觉，炉内香灰堆积，帘外落花渐多。瑞云把座位移近贺生，悄悄地说：

“你能不能想一点办法，在我这里住一夜？”

贺生说：“看你两回，于愿已足。肌肤之亲，何敢梦想！”

他知道瑞云和蔡妈妈有成约：人由自选，价由母定。

瑞云说：“娶我，我知道你没这个能力。我只是想把女儿身子交给你。以后你再也不来了，山南海北，我老想着你，这也不行么？”

贺生摇头。

两个再没有话了，眼对眼看着。

楼下蔡妈妈大声喊：

“瑞云！”

瑞云站起来，执着贺生的两只手，一双眼泪滴在贺生手背上。

贺生回去，辗转反侧。想要回去变卖家产，以博一宵之欢；又想到更尽分别，各自东西，两下牵挂，更何以堪。想到这里，热念都消。咬咬牙，再不到瑞云院里去。

蔡妈妈催着瑞云择婿。接连几个月，没有中意的。眼看花朝已过，离三月十四没有几天了。

这天，来了一个秀才，坐了一会，站起身来，用一个指头在瑞云额头上按了一按，说：“可惜，可惜！”说完就走了。瑞云送客回来，发现额头有一个黑黑的指印。越洗越真。

而且这块黑斑逐渐扩大，几天的工夫，左眼的上下眼皮都黑了。

瑞云不能再见客。蔡妈妈拔了她的簪环首饰，剥了上下衣裙，把她推下楼来，和妈子丫头一块干粗活。瑞云娇养惯了，身子又弱，怎么受得了这个！

贺生听说瑞云遭了奇祸，特地去看看。瑞云蓬着头，正在院里拔草。贺生远远喊了一声：“瑞云！”瑞云听出是贺生的声音，急忙躲到一边，脸对着墙壁。贺生连喊了几声，瑞云就是不回头。贺生一头去找到蔡妈妈，说是愿意把瑞云赎出来。瑞云已经是这样，蔡妈妈没有多要身价银子。贺生回余杭，变卖了几亩田产，向蔡妈妈交付了身价。一乘花轿把瑞云抬走了。

到了余杭，拜堂成礼。入了洞房后，瑞云乘贺生关房门的工夫，自己揭了盖头，一口气，噗，噗，把两枝花烛吹灭了。贺生知道瑞云的心思，并不嗔怪。轻轻走拢，挨着瑞云在床沿坐下。

瑞云问：“你为什么娶我？”

“以前，我想娶你，不能。现在能把你娶回来了，不好么？”

“我脸上有一块黑。”

“我知道。”

“难看么？”

“难看。”

“你说了实话。”

“看看就会看惯的。”

“你是可怜我么？”

“我疼你。”

“伸开你的手。”

瑞云把手放在贺生的手里。贺生想起那天在院里瑞云和他执手相看，就轻轻抚摸瑞云的手。

瑞云说：“你说的是真话。”接着叹了一口气，“我已经不是我了。”

贺生轻轻咬了一下瑞云的手指：“你还是你。”

“总不那么齐全了！”

“你不是说过，愿意把身子给我吗？”

“你现在还要吗？”

“要！”

两口儿日子过得很甜。不过瑞云每晚临睡，总把所有灯烛吹灭了。好在贺生已经逐渐对她的全身读得很熟，没灯胜似有灯。

花开花落，春去秋来。一窗细雨，半床明月。少年夫妻，如鱼如水。

贺生真的对瑞云脸上那块黑看惯了。他不觉得有什么难看。似乎瑞云脸上本来就有，应该有。

瑞云还是一直觉得歉然。她有时晨妆照镜，会回头对贺生说：

“我对不起你！”

“不许说这样的话！”

贺生因事到苏州，在虎丘吃茶。隔座是一个秀才，自称姓和，彼此攀谈起来。秀才听出贺生是浙江口音，便问：

“你们杭州，有个名妓瑞云，她现在怎么样了？”

“已经嫁人了。”

“嫁了一个什么样的人？”

“一个和我差不多的人。”

“真能类似阁下，可谓得人！——不过，会有人娶她么？”

“为什么没有？”

“她脸上——”

“有一块黑。是一个什么人用指头在她额头一按，留下的。这个人真不知道安的是什么心肠！——你怎么知道的？”

“实不相瞒，你说的这个人，就是在下。”

“你为什么要做这种事？”

“昔在杭州，也曾一觐芳仪，甚惜其以绝世之姿而流落不偶，故以小术晦其光而保其璞，留待一个有情人。”

“你能点上，也能去掉么？”

“怎么不能？”

“我也不瞒你，娶瑞云的，便是小生。”

“好！你别具一双眼睛，能超出世俗媸妍，是个有情人！我这就同你到余杭，还君一个十全佳妇。”

到了余杭，秀才叫贺生用铜盆打一盆水，伸出中指，在水面写写画画，说：“洗一洗就会好的。好了，须亲自出来一谢医人。”

贺生笑说：“那当然！”贺生捧盆入内室，瑞云掬水洗面，面上黑斑随手消失。晶莹洁白，一如当年。瑞云照照镜子，不敢相信。反复照视，大叫一声：“这是我！这是我！”

夫妻二人，出来道谢。一看，秀才没有了。

这天晚上，瑞云高烧红烛，剔亮银灯。

贺生不像瑞云一样欢喜。明晃晃的灯烛，粉扑扑的嫩脸，他觉得不惯。他若有所失。

瑞云觉得他的爱抚不像平日那样温存，那样真挚。她坐起来，轻轻地问：

“你怎么了？”

黄英

马子才，顺天人。几代都爱菊花。到了子才，更是爱菊如命。听说什么地方有佳种，一定得买到。千里迢迢，不辞辛苦。一天，有金陵客人寄住在马家，看了子才种的菊花，说他有个亲戚，有一二名种，为北方所无。马子才动了心，即刻打点行李，跟这位客人到了金陵。客人想方设法，给他弄到两苗菊花芽。马子才如获至宝，珍重裹藏，捧在手里，骑马北归。半路上，遇见一个少年，赶着一辆精致的轿车。少年眉清目秀，风姿洒落。他好像刚刚喝了酒，酒气中有淡淡的菊花香。一路同行，子才和少年就搭了话。少年听出马子才的北方口音，问他到金陵做什么来了，手里捧着的是什么。子才如实告诉少年，说手里这两苗菊花芽好不容易才弄到，这是难得的名种。少年说：

“种无不佳，培溉在人。人即是花，花即是人。”

马子才似懂非懂，问少年要往哪里去。少年说：“姐姐不喜欢金陵，将到河北找个合适的地方住下。”马子才问：“找了房没有？”——“到了再说吧。”子才说：“我看你们就甭费事了。我家里还有几间闲房，空着也是空着，你们不如就在我那儿住着，我也好请教怎样‘培溉’菊花。”少年说：“得跟我姐姐商量商量。”他把车停住，把马子才的意思向姐姐说了。车里的人推开车帘说话。原来是二十来岁的一位美人。说：

“房子不怕窄憋，院子得大一些。”

子才说：“我家有两套院子，我住北院，南院归你们。两院之间有个小板门。愿意来坐坐，拍拍门，随时可以请过来。平常尽可落闩下锁，互不相扰。”

“这样很好。”

谈了半日，才互通名姓。少年姓陶，姐姐小字黄英。

两家处得很好。马子才发现，陶家好像不举火，经常是从外面买点烧饼馃子就算一餐，就三天两头请他们过来便饭。这姐弟二人倒也不客气，一请就到。有一天陶对马说：“老兄家道也不是怎么富足的，我们老是吃你们，长了，也不是个事。咱们合计合计，我看卖菊花也能谋生。”马子才素来自命清高，听了陶生的话很不以为然，说：“这是以东篱为市井，有辱黄花！”陶笑笑，说：“自食其力不为贫，贩花为业不为俗。”马子才不再说话。陶生也还常常拍拍板门，过来看看马子才种的菊花。

子才种菊，十分勤苦。风晨雨夜，科头赤足，他又挑剔得很严，残枝劣种，都拔出来丢在地上。他拿了把竹扫帚，打算扫到沟里，让它们顺水漂走。陶生说：“别！”他把这些残枝劣种都捡起来，抱到南院。马子才心想：这人并不懂种菊花！

没多久，到了菊花将开的月份，马子才听见南院人声嘈杂，闹闹嚷嚷，简直像是香期庙会：这是咋回事？扒在板门上偷觑：噶，都是来买花的。用车子装的，背着的，抱着的，缕缕不绝。再一看那些花，都是见都没见过的异种。心想：他真的卖起菊花来了。这么多的花，得卖多少钱？此人俗，且贪！交不得！又恨他秘着佳本，不叫自己知道，太不够朋友。于是拍拍板门，想过去说几句不酸不咸的话，叫这小子知道：马子才既不贪财，也不可欺。陶生听见拍门，开开门，拉着子才的手，把他拽了过来。子才一看，荒庭半亩，都已辟为菊畦，除了那几间旧房，没有一块空地，到处都是菊花。多数憋了骨朵，少数已经半开。花头大，颜色好，秆粗，叶壮，比他自己园里种的，强百倍。问："你这些花秧子是哪里淘换来的？"陶生说："你细看看！"子才弯腰细看：似曾相识。原来都是自己拔弃的残枝劣种。于是想好的讥诮的话都忘了，直想问问："你把菊种得这样好，有什么诀窍？"陶生转身进了屋，不大会，搬出一张矮桌，就放在菊畦旁边。又进屋，拿出酒菜，说："我不想富，也不想穷。我不能那样清高。连日卖花，得了一些钱。你来了，今天咱们喝两盅。"陶生酒量大，用大杯。马子才只能小杯陪着。正喝着，听见屋里有人叫："三郎！"是黄英的声音。"少喝点，小心吓着马先生。"陶生答应："知道了。"几杯落肚，马子才问："你说过'种无不佳，培溉在人'，你到底有什法子能把花种成这样？"陶生说：

"人即是花，花即是人。花随人意。人之意即花之意。"

马子才还是不明白。

陶生豪饮，从来没见他大醉过。子才有个姓曾的朋友，酒量极大，没有对手。有一天，曾生来，马子才就让他们较量较量。二位放开量喝，喝得非常痛快。从早晨一直喝到半夜。曾生烂醉如泥，靠在椅子上呼呼大睡。陶生站起，要回去睡觉，出门踩了菊花畦，一跤摔倒。马子才说："小心！"一看人没了，只有一堆衣裳落在地上，陶生就地化成一棵菊花，一人高，开着十几朵花，花都有拳大。马子才吓坏了，赶紧去告诉黄英。黄英赶来，把菊花拔起来，放倒在地上，说：“怎么醉成这样！”拿起陶生衣裳，把菊花盖住，对马子才说：“走，别看！”到了天亮，马子才过去看看，只见陶生卧在菊畦边，睡得正美。

于是子才知道：这姐弟二人都是菊花精。

陶生已经露了行迹，也就不避子才，酒喝得越来越放纵。常常自己下个短帖，约曾生来共饮，二位酒友，成了莫逆。

二月十二，花朝。曾生着两个仆人抬了一坛百花酒，说：“今天咱们俩把这坛酒都喝了！”一坛酒快完了，两人都还不太醉。马子才又偷偷往坛里续了几斤白酒。俩人又都喝了。曾生醉得不省人事，由仆人背回去了。陶生卧在地上，又化为菊花。马见惯不惊，就如法炮制，把菊花拔起来，守在旁边，看他怎么再变过来。等了很久，看见菊花叶子越来越憔悴，坏了！赶紧去告诉黄英，黄英一听：“啊？！——你杀了我弟弟了！”急急奔过来看，菊花根株已枯。黄英大哭，掐了还有点活气的菊花梗，埋在盆里，携入闺中，每天灌溉。

盆里的花渐渐萌发。九月，开了花，短干粉朵，闻闻，有酒香。浇以酒，则茂。

这个菊种，渐渐传开。种菊人给起了个名字，叫“醉陶”。

一年又一年，黄英也没有什么异状，只是她永远像二十来岁，永远不老。

蛐蛐

宣德年间，宫里兴起了斗蛐蛐。蛐蛐都是从民间征来的。这玩意陕西本不出。有那么一位华阴县令，想拍拍上官的马屁，进了一只。试斗了一次，不错，贡到宫里。打这儿起，传下旨意，责令华阴县年年往宫里送。县令把这项差事交给里正。里正哪里去弄到蛐蛐？只有花钱买。地方上有一些不务正业的混混，弄到好蛐蛐，养在金丝笼里，价钱抬得很高。有的里正，和衙役勾结在一起，借了这个名目，挨家挨户，按人口摊派。上面要一只蛐蛐，常常害得几户人家倾家荡产。蛐蛐难找，里正难当。

有个叫成名的，是个童生，多年也没有考上秀才。为人很迂，不会讲话。衙役瞧他老实，就把他报充了里正。成名托人情，送蒲包，磕头，作揖，不得脱身。县里接送往来官员，办酒席，敛程仪，要民夫，要马草，都朝里正说话。不到一年的工夫，成名的几亩薄产都赔进去了。一出暑伏，按每年惯例，该征蛐蛐了。成名不敢挨户摊派，自己又实在变卖不出这笔钱。每天烦闷忧愁，唉声叹气，跟老伴说：“我想死的心都有。”老伴说：“死，管用吗？买不起，自己捉！说不定能把这项差事应付过去。”成名说：“是个办法。”于是提了竹筒，拿着蛐蛐罩，破墙根底下，烂砖头堆里，草丛里，石头缝里，到处翻、找。清早出门，半夜回家。鞋磨破了，胳膝盖磨穿了，手上、脸上，叫葛针拉出好些血道道，无济于事。即使捕得三两只，又小又弱，不够分量，不上品。县令限期追逼，交不上蛐蛐，二十板子。十多天下来，成名挨了百十板，两条腿脓血淋漓，没有一块好肉了。走都不能走，哪能再捉蛐蛐呢？躺在床上，翻来覆去：除了自尽，别无他法。

迷迷糊糊做了一个梦。梦见一座庙，庙后小山下怪石乱卧，荆棘丛生，有一只“青麻头”伏着。旁边有一只癞蛤蟆，将蹦未蹦。醒来想想：这是什么地方？猛然省悟：这不是村东头的大佛阁么？他小时候逃学，曾到那一带玩过。这梦有准么？那里真会有一只好蛐蛐？管它的！去碰碰运气。于是挣扎起来，拄着拐杖，往村东去。到了大佛阁后，一带都是古坟，顺着古坟走，蹲着伏着一块一块怪石，就跟梦里所见的一样。是这儿？——像！于是在蒿莱草莽之间，轻手轻脚，侧耳细听，凝神细看，听力目力都用尽了，然而听不到蛐蛐叫，看不见蛐蛐影子。忽然，蹦出一只癞蛤蟆。成名一愣，赶紧追！癞蛤蟆钻进了草丛。顺着方向，拨开草丛：一只蛐蛐在荆棘根旁伏着。快扑！蛐蛐跳进了石穴。用尖草撩它，不出来；用随身带着的竹筒里的水灌，这才出来。好模样！蛐蛐蹦，成名追。罩住了！细看看：个头大，尾巴长，青脖子，金翅膀。大叫一声：“这可好了！”一阵欢喜，腿上棒伤也似轻松了一些。提着蛐蛐笼，快步回家。举家庆贺，老伴破例给成名打了二两酒。家里有蛐蛐罐，垫上点过了箩的细土，把宝贝养在里面。蛐蛐爱吃什么？栗子、菱角、螃蟹肉。买！净等着到了期限，好见官交差。这可好了：不会再挨板子，剩下的房产田地也能保住了。蛐蛐在罐里叫哩，㘗㘗㘗㘗……

成名有个儿子，小名叫黑子，九岁了，非常淘气。上树掏鸟窝蛋，下河捉水蛇，飞砖打恶狗，爱捅马蜂窝。性子倔，爱打架。比他大几岁的孩子也都怕他，因为他打起架来拼命，拳打脚踢带牙咬。三天两头，有街坊邻居来告“妈妈状”。成名夫妻，就这么一个儿子，只能老给街坊们赔不是，不忍心重棒打他。成名得了这只救命蛐蛐，再三告诫黑子：“不许揭开蛐蛐罐，不许看，千万千万！”

不说还好，说了，黑子还非看看不可。他瞅着父亲不在家，偷偷揭开蛐蛐罐。腾！——蛐蛐蹦出罐外，黑子伸手一扑，用力过猛，蛐蛐大腿折了，肚子破了——死了。黑子知道闯了大祸，哭着告诉妈妈。妈妈一听，脸色煞白：“你个孽障！你甭想活了！你爹回来，看他怎么跟你算账！”黑子哭着走了。成名回来，老伴把事情一说，成名掉在冰窟窿里了。半天，说：“他在哪儿？”找。到处找遍了，没有。做妈的忽然心里一震：莫非是跳了井了？扶着井栏一看，有个孩子。请街坊帮忙，把黑子捞上来，已经死了。这时候顾不上生气，只觉得悲痛。夫妻二人，傻了一样。傻坐着，你看看我，我看看你，找不到一句话。这天他们家烟筒没冒烟，哪里还有心思吃饭呢。天黑了，把儿子抱起来，准备用一张草席卷卷埋了。摸摸胸口，还有点温和；探探鼻子，还有气。先放到床上再说吧。半夜里，黑子醒过来了，睁开了眼。夫妻二人稍得安慰。只是眼神发呆。睁眼片刻，又合上眼，昏昏沉沉地睡了。

蛐蛐死了，儿子这样。成名瞪着眼睛到天亮。

天亮了，忽然听到门外蛐蛐叫，成名跳起来，远远一看，是一只蛐蛐。心里高兴，捉它！蛐蛐叫了一声“嚯”，跳走了，跳得很快。追。用手掌一捂，好像什么也没有，空的。手才举起，又分明在，跳得老远。急忙追，折过墙角，不见了。四面看看，蛐蛐伏在墙上。细一看，个头不大，黑红黑红的。成名看它小，瞧不上眼。墙上的小蛐蛐，忽然落在他的袖口上。看看：小虽小，形状特别，像一只土狗子，梅花翅，方脑袋，好像不赖。将就吧。右手轻轻捏住蛐蛐，放在左手掌里，两手相合，带回家里。心想拿它交差，又怕县令看不中，心里没底，就想试着斗一斗，看看行不行。村里有个小伙子，是个玩家，走狗斗鸡，提笼架鸟，样样在行。他养着一只蛐蛐，自名“蟹壳青”，每天找一些少年子弟斗，百战百胜。他把这只“蟹壳青”居为奇货，索价很高，也没人买得起。有人传出来，说成名得了一只蛐蛐，这小伙子就到成家拜访，要看看蛐蛐。一看，捂着嘴笑了：这也叫蛐蛐！于是打开自己的蛐蛐罐，把蛐蛐赶进“过笼”里，放进斗盆。成名一看，这只蛐蛐大得像一只油葫芦，就含糊了，不敢把自己的拿出来。小伙子存心看个笑话，再三说：“玩玩嘛，咱又不赌输赢。”成名一想，反正养这么只孬玩意也没啥用，逗个乐！于是把黑蛐蛐也放进斗盆。小蛐蛐趴着不动，蔫哩巴唧，小伙子又大笑。使猪鬃撩拨它的须须，还是不动。小伙子又大笑。撩它，再撩它！黑蛐蛐忽然暴怒，后腿一挺，直窜过来。俩蛐蛐这就斗开了，冲、撞、腾、击，劈里卜碌直响。忽见小蛐蛐跳起来，伸开须须，翘起尾巴，张开大牙，一下子钳住大蛐蛐的脖子。大蛐蛐脖子破了，直流水。小伙子赶紧把自己的蛐蛐装进过笼，说：“这小家伙真玩命呀！”小蛐蛐摆动着须须，“嚯嚯，嚯嚯”，扬扬得意。成名也没想到。他和小伙子正在端详这只黑红黑红的小蛐蛐，他们家的一只大公鸡斜着眼睛过来，上去就是一嘴。成名大叫了一声：“啊呀！”幸好，公鸡没啄着，蛐蛐蹦出了一尺多远。公鸡一啄不中，撒腿紧追。眨眼之间，蛐蛐已经在鸡爪子底下了。成名急得不知怎么好，只是跺脚，再一看，公鸡伸长了脖子乱甩。唔？走近了一看，只见蛐蛐叮在鸡冠上，死死咬住不放。公鸡羽毛扎撒，双脚挣蹦。成名惊喜，把蛐蛐捏起来，放进笼里。

第二天，上堂交差。县太爷一看：这么个小东西，大怒："这，你不是糊弄我吗！"成名细说这只蛐蛐怎么怎么好。县令不信，叫衙役弄几只蛐蛐来试试。果然，都不是对手。又叫抱一只公鸡来，一斗，公鸡也败了。县令吩咐，专人送到巡抚衙门。巡抚大为高兴，打了一只金笼子，又命师爷连夜写了一通奏折，详详细细表叙了黑蛐蛐的能耐，把蛐蛐献进宫中。宫里的有名有姓的蛐蛐多了，都是各省进贡来的。什么"蝴蝶""螳螂""油利挞""青丝额"……黑蛐蛐跟这些"名将"斗了一圈，没有一只，能经得三个回合，全都不死带伤望风而逃。皇上龙颜大悦，下御诏，赐给巡抚名马衣缎。巡抚饮水思源，到了考核的时候，给华阴县评了一个"卓异"，就是说该县令的政绩非比寻常。县令也是个有良心的，想起他的前程都是打成名那儿来的，于是免了成名里正的差役；又嘱咐县学的教谕，让成名进了学，成了秀才，有了功名，不再是童生了；还赏了成名几十两银子，让他把赔累进去的薄产赎回来。成名夫妻，说不尽的欢喜。

只是他们的儿子一直是昏昏沉沉地躺着，不言不语，不吃不喝，不死不活，这可怎么了呢？

树叶黄了，树叶落了，秋深了。

一天夜里，成名夫妻做了一个同样的梦，梦见了他们的儿子黑子。黑子说：

"我是黑子。就是那只黑蛐蛐。蛐蛐是我。我变的。

“我拍死了‘青麻头’，闯了祸。我就想：不如我变一只蛐蛐吧。我就变成了一只蛐蛐。

“我爱打架。

“我打架总要打赢。谁我也不怕。

“我一定要打赢。打赢了，爹就可以不当里正，不挨板子。我九岁了，懂事了。

“我跟别的蛐蛐打，我想：我一定要打赢，为了我爹，我妈。我拼命。蛐蛐也怕蛐蛐拼命。它们就都怕。

“我打败了所有的蛐蛐！我很厉害！

“我想变回来。变不回来了。

“那也好。我活了一秋。我赢了。

“明天就是霜降，我的时候到了。

“我走了。你们不要想我。——没用。”

第二天一早，黑子死了。

一个消息从宫里传到省里，省里传到县里：那只黑蛐蛐死了。

石清虚

邢云飞，爱石头。书桌上，条几上，书架上，柜橱里，多宝槅里，到处是石头。这些石头有的是他不惜重价买来的，有的是他登山涉水满世界寻觅来的。每天早晚，他把这些石头挨着个儿看一遍。有时对着一块石头能端详半天。一天，在河里打鱼，觉得有什么东西挂了网，挺沉，他脱了衣服，一个猛子扎下去，一摸，是块石头。抱上来一看，石头不小，直径够一尺，高三尺有余。四面玲珑，峰峦叠秀。高兴极了。带回家来，配了一个紫檀木的座，供在客厅的案上。

一天，天要下雨，邢云飞发现：这块石头出云。石头有很多小窟窿，每个窟窿里都有云，白白的，像一团一团新棉花，袅袅飞动，忽淡忽浓。他左看右看，看呆了。俟后，每到天要下雨，都是这样。这块石头是个稀世之宝！

这就传开了。很多人都来看这块石头。一到阴天，来看的人更多。

邢云飞怕惹事，就把石头移到内室，只留一个檀木座在客厅案上。再有人来要看，就说石头丢了。

一天，有一个老叟敲门，说想看看那块石头。邢云飞说："石头已经丢失很久了。"老叟说："不是在您的客厅里供着吗？"——"您不信？不信就请到客厅看看。"——"好，请！"一跨进客厅，邢云飞愣了：石头果然好好地嵌在檀木座里。咦！

老叟抚摸着石头，说：“这是我家的旧物，丢失了很久了，现在还在这里啊。既然叫我看见了，就请赐还给我。”邢云飞哪肯呀：“这是我家传了几代的东西，怎么会是你的！”——“是我的。”——“我的！”两个争了半天。老叟笑道：“既是你家的，有什么验证？”邢云飞答不上来。老叟说：“你说不上来，我可知道。这石头前后共有九十二个窟窿，最大的窟窿里有五个字：‘清虚石天供’。”邢云飞细一看，大窟窿里果然有五个字，才小米粒大，使劲看，才能辨出笔划。又数数窟窿，不多不少，九十二。邢云飞没有话说，但就是不给。老叟说：“是谁家的东西，应该归谁，怎么能由得你呢？”说完一拱手，走了。邢云飞送到门外，回来，石头没了。大惊，惊疑是老叟带走了，急忙追出来。老叟慢慢地走着，还没走远。赶紧奔上去，拉住老叟的袖子，哀求道：“你把石头还我吧！”老叟说：“这可是奇怪了，那么大的一块石头，我能攥在手里，揣在袖子里吗？”邢云飞知道这老叟很神，就强拉硬拽，把老叟拽回来，给老叟下了一跪，不起来，直说：“您给我吧，给我吧！”老叟说：“石头到底是你家的，是我家的？”——“您家的！您家的！——求您割爱，求您割爱！”老叟说：“既是这样，那么，石头还在。”邢云飞一扭头，石头还在座里，没挪窝。老叟说：

“天下之宝，当与爱惜之人。这块石头能自己选择一个主人，我也很喜欢。然而，它太急于自现了。出世早，劫运未除，对主人也不利。我本想带走，等过了三年，再赠送给你。既想留下，那你就得减寿三年，这块石头才能随着你一辈子，你愿意吗？”——“愿意！愿意！”老叟于是用两个指头捏了一个窟窿一下，窟窿软得像泥，闭上了。随手闭了三个窟窿，完了，说：“石上窟窿，就是你的寿数。”说罢，飘然而去。

有一个权豪之家，听说邢家有一块能出云的石头，就惦记上了。一天派了两个家奴闯到邢家，抢了石头便走。邢云飞追出去，拼命拽住。家奴说石头是他们主人的，邢云飞说：“我的！”于是经了官。地方官坐堂问案，说是你们各执一词，都说说，有什么验证。家奴说：“有！这石头有九十二个窟窿。”——原来这权豪之家早就派了清客，到邢家看过几趟，暗记了窟窿数目。问邢云飞：“人家说出验证来了，你还有什么话说！”邢云飞说：“回大人，他们说得不对。石头只有八十九个窟窿。有三个窟窿闭了，还有六个指头印。”——“呈上来！”地方当堂验看，邢云飞所说，一字不差，只好把石头断给邢云飞。

邢云飞得了石头回来，用一方古锦把石头包起来，藏在一只铁梨木匣子里。想看看，一定先焚一炷香，然后才开匣子。也怪，石头很沉，别人搬起来很费劲；邢云飞搬起来却是轻而易举。

邢云飞到了八十九岁，自己置办了装裹棺木，抱着石头往棺材里一躺，死了。

陆判

朱尔旦，爱作诗，但是天资钝，写不出好句子。人挺豪放，能喝酒。喝了酒，爱跟人打赌。一天晚上，几个作诗写文章的朋友聚在一处，有个姓但的跟朱尔旦说："都说你什么事都敢干，咱们打个赌：你要是能到十王殿去，把东廊下的判官背了来，我们大家凑钱请你一顿！"这地方有一座十王殿，神鬼都是木雕的，跟活的一样。东廊下有一个立判，绿脸红胡子，模样尤其狞恶。十王殿阴森森的，走进去叫人汗毛发紧。晚上更没人敢去。因此，这姓但的想难倒朱尔旦。朱尔旦说："一句话！"站起来就走。不大一会，只听见门外大声喊叫："我把髯宗师请来了！"姓但的说："别听他的！"——"开门哪！"门开处，朱尔旦当真把判官背进来了。他把判官搁在桌案上，敬了判官三大杯酒。大家看见判官矗着，全都坐不住："你，还把他，请回去！"朱尔旦又把一壶酒泼在地上，说了几句祝告的话："门生粗率不文，惊动了您老人家，大宗师谅不见怪。舍下离十王殿不远，没事请过来喝一杯，不要见外。"说罢，背起判官就走。

第二天，他的那些文友，果然凑钱请他喝酒。一直喝到晚上，他已经半醉了，回到家里，觉得还不尽兴，又弄了一壶，挑灯独酌。正喝着，忽然有人掀开帘子进来。一看，是判官！朱尔旦腾地站了起来：“噫！我完了！昨天我冒犯了你，你今天来，是不是要给我一斧子？”判官拨开大胡子一笑：“非也！昨蒙高义相订，今天夜里得空，敬践达人之约。”朱尔旦一听，非常高兴，拽住判官衣袖，忙说：“请坐！请坐！”说着点火坐水，要烫酒。判官说：“天道温和，可以冷饮。”——“那好那好！——我去叫家里的弄两碟菜。你宽坐一会。”朱尔旦进里屋跟老婆一说——他老婆娘家姓周，挺贤惠，“炒两个菜，来了客。”——“半夜里来客？什么客？”——“十王殿的判官。”——“什么？”——“判官。”——“你千万别出去！”朱尔旦说：“你甭管！炒菜，炒菜！”——“这会儿，能炒出什么菜？”——“炸花生米！炒鸡蛋！”一会儿的工夫，两碟酒菜炒得了，朱尔旦端出来，重换杯筷，斟了酒：“久等了！”——“不妨，我在读你的诗稿。”——“阴间，也兴作诗？”——“阳间有什么，阴间有什么。”——“你看我这诗？”——“不好。”——“是不好！喝酒！——你怎么称呼？”——“我姓陆。”——“台甫？”——“我没名字！”——“没名字？好！——干！”这位陆判官真是海量，接连喝了十大杯。朱尔旦因为喝了一天的酒，不知不觉，醉了。趴在桌案上，呼呼大睡。到天亮，醒了，看看半枝残烛，一个空酒瓶，碟子里还有几颗炸焦了的花生米，两筷子鸡蛋，恍惚了半天：“我夜来跟谁喝酒来着？判官，陆判？”自此，陆判隔三两天就来一回，炸花生米，炒鸡蛋下酒。朱尔旦作了诗，都拿给陆判看。陆判看了，都说不好。“我劝你就别作诗了。诗不是谁都能作的。你的诗，平仄对仗都不错，就是缺一点东西——诗意。心中无诗意，笔下如何有好诗？你的诗，还不如炒鸡蛋。”

有一天，朱尔旦醉了，先睡了，陆判还在自斟自饮。朱尔旦醉梦之中觉得肚脏微微发痛，醒过来，只见陆判坐在床前，豁开他的腔子，把肠子肚子都掏了出来，一条一条在整理。朱尔旦大为惊愕，说：“咱俩无仇无怨，你怎么杀了我？”陆判笑笑说：“别怕别怕，我给你换一颗聪明的心。”说着不紧不慢地，把肠子又塞了回去。问：“有干净白布没有？”——“白布？有包脚布！”——“包脚布也凑合。”陆判用包脚布缚紧了朱尔旦的腰杆，说：“完事了！”朱尔旦看看床上，也没有血迹，只觉得小肚子有点发木。看看陆判，把一疙瘩红肉放在茶几上，问：“这是啥？”——“这是老兄的旧心。你的诗写不好，是因为心长得不好。你瞧瞧，什么乱七八糟的，窟窿眼都堵死了。适才在阴间拣到一颗，虽不是七窍玲珑，比你原来那颗要强些。你那一颗，我还得带走，好在阴间凑足原数。你躺着，我得去交差。”

朱尔旦睡了一觉，天明，解开包脚布看看，创口已经合缝，只有一道红线。从此，他的诗就写得好些了。他的那些诗友都很奇怪。

朱尔旦写了几首传颂一时的诗，就有点不安分了。一天，他请陆判喝酒，喝得有点醺醺然了，朱尔旦说：“湔肠伐胃，受赐已多，尚有一事欲相烦，不知可否？”陆判一听：“什么事？”朱尔旦说：“心肠可换，这脑袋面孔想来也是能换的。”——“换头？”——“你弟妇，我们家里的，结发多年，怎么说呢，下身也还挺不赖，就是头面不怎么样。四方大脸，塌鼻梁。你能不能给来一刀？”——“换一个？成！容我缓几天，想想办法。”

过了几天，半夜里，来敲门，朱尔旦开门，拿蜡烛一照，见陆判用衣襟裹着一件东西。“啥？”陆判直喘气：“你托付我的事，真不好办。好不容易，算你有运气，我刚刚得了一个挺不错的美人脑袋，还是热乎的！”一手推开房门，见朱尔旦的老婆侧身睡着，睡得正实在，陆判把美人脑袋交给朱尔旦抱着，自己从靴靿子里抽出一把锋快的匕首，按着朱尔旦老婆的脑袋，切冬瓜似的一刀切了下来，从朱尔旦手里接过美人脑袋，合在朱尔旦老婆脖颈上，看端正了，然后用手四边摁了摁，动作干净利落，真是好手艺！然后，移过枕头，塞在肩下，让脑袋腔子都舒舒服服地斜躺着。说：“好了！你把尊夫人原来的脑袋找个僻静地方，刨个坑埋起来。以后再有什么事，我可就不管了。”

第二天，朱尔旦的老婆起来，梳洗照镜。脑袋看看身子：“这是谁？”双手摸摸脸蛋：“这是我？”

朱尔旦走出来，说了换头的经过，并解开女人的衣领，让女人验看，脖颈上有一圈红线，上下肉色截然不同。红线以上，细皮嫩肉；红线以下，较为粗黑。

吴侍御有个女儿，长得很好看。昨天是上元节，去逛十王殿。有个无赖，看见她长得美，跟梢到了吴家。半夜，越墙到吴家女儿的卧室，想强奸她。吴家女儿抗拒，大声喊叫，无赖一刀把她杀了，把脑袋放在一边，逃了。吴家听见女儿屋里有动静，赶紧去看。一看见女儿尸体，非常惊骇。把女儿尸体用被窝盖住，急忙去备具棺木。这时候，正好陆判下班路过，一看，这个脑袋不错！裹在衣襟里，一顿脚，腾云驾雾，来到了朱尔旦家。

吴家买了棺木，要给女儿成殓。一揭被窝，脑袋没了！

朱尔旦的老婆换了脑袋，也带了一些别扭。朱尔旦的老婆原来食量颇大，爱吃辛辣葱蒜。可是这个脑袋吃得少，又爱吃清淡东西，喝两口鸡丝雪笋汤就够了，因此就下面的肚子老是不饱。

晚上，这下半身非常热情，可是脖颈上这张雪白粉嫩的脸却十分冷淡。

吴家姑娘爱弄乐器，笙箫管笛，无所不晓。有一天，在西厢房找到一管玉屏洞箫，高兴极了，想吹吹。撮细了樱唇，倒是吹出了音，可是下面的十个指头不会捏眼！

朱尔旦老婆换了脑袋，这事渐渐传开了。

朱尔旦的那些诗朋酒友自然也知道了这件事。大家就要求见见换了脑袋的嫂夫人，尤其是那位姓但的。朱尔旦被他们缠得脱不得身，只得略备酒菜，请他们见见新脸旧夫人。

客人来齐了，朱尔旦请夫人出堂。

大家看了半天，姓但的一躬到地：

“是嫂夫人？”

这张挺好看的脸上的挺好看的眼睛看看他，说：“初次见面，您好！”

初次见面？

“你现在贵姓？姓周，还是姓吴？”

“不知道。”

不知道？

“那么你是？”

“我也不知道我是谁。是我，还是不是我。”这张挺好看的面孔上的挺好看的眼睛看看朱尔旦，下面一双挺粗挺黑的手比比划划，问朱尔旦：“我是我？还是她？”

朱尔旦想了一会，说：

“你们。”

“我们？”